내 이름은
춘덕이

내
이름은
춘덕이

유춘덕 지음

프롬북스
frombooks

글을 쓰면서 엄마의 말이 내 귀에 시처럼 들리기 시작했다. 때론 가슴 뭉클하고, 듣고 있으면 기분까지 좋아졌다. 내 나이 쉰 살이 넘어 듣게 된 그녀의 가슴속 이야기가 나를 울렸다.

혹자는 말한다. '어머니'란 주제는 너무 식상하다고. 요즘 트렌드 인 '여행' 같은 신선한 소재가 좋지 않겠냐고. 그러나 나는 '주제가 문제야? 내용이 문제지'라는 생각이 든다. '엄마'는 평범해서 오히 려 어렵지만 그래서 더 빛날 수 있다. 어쩌면 내가 본 것이 전부라 생각해 지나치고 놓친 소중한 것들 말이다. 꽃이 아무리 아름다운들 눈물이 날 만큼이랴. '엄마'라는 이름은 그 자체로도 사람을 울컥하게 하지 않던가.

몇 년 전, 치매 진단을 받은 우리 엄마의 현재 나이는 88세다. 내가 "엄마 식사했어요?"라고 물으면, 엄마는 "가만있어 보자, 내가 시방 밥을 묵었능가, 안 묵었능가 몰르겠따야"로 대답한다. 슬플 수도 있는 일이지만 엄마와 나는 한참을 깔깔깔 웃었다. 이렇게라도 웃으면 기분이 좋아지고 행복해져서다. 나는 이런 엄마의 기억이 다 사라지기 전에 그 이야기를 기록하고 싶었다.

나의 감수성이 가장 예민했던 시기는 1980년 전후였다. 광주로 전학 온 국민학교 6학년 때는 내 인생의 전환기이기도 했다. 그 시절의 엄마를 되돌아보면서 예전에 미처 알지 못했던 것들을 이해하고 깨닫는 과정을 그렸다. 이 글의 핵심은 '엄마의 재발견'이다.

나의 글을 통해 그리운 어머니가 생각나고, 보고 싶어지고, 그저 그렇고 소원했던 사이가 지금보다 더 특별하고 행복해졌으면 한다. 그냥 좋은 것 있잖은가. 듣고 있으면 마음이 따뜻해지고 기분 좋아지는 것!

내가 그랬던 것처럼 이 글을 읽는 사람들에게도 나와 같은 놀라운 일이 일어났으면 한다. 예전에 보지 못했던 어머니 속에 감추어진 보물을 찾아내는 계기가 되었으면 한다.

나의 문학적인 재능은 엄마로부터 받은 것이다. 같은 이야기를 해도 언니와 동생은 물을 탄 음료처럼 밍밍하다면 엄마의 말은 원액 그 자체이다. 고생 속에서도 세상을 꿰뚫는 지혜와 엄마만의 철학이 있으며, 그 표현은 맛깔스럽고 찰지다. 원초적인 날것의 느낌, 엄마의 마지막 말에는 예상치 못한 반전이 숨어 있다.

이 글의 형식은 이야기가 들어 있는 '소설 같은 수필'이다. 나는 기존의 형식에서 벗어나 새로운 시도를 해보았다. 모험은 언제나 위험하다. 그렇지만 그것은 최초가 된다.

이제 글쓰기는 나의 삶이 되었다. 내 글은 미모와 바꾼 것이라고 우스갯소리를 하지만 반은 농담이고 반은 진담이다. 취미나 명예를 얻기 위함이 아니라 '생존'이다.

나는 꿈꾸는 자, 내 이름은 '춘덕'이다. 이제는 세상에 나아갈 때, 나의 도전은 시작되었다.

차 례

1장

내 이름은 춘덕이

어느 계절이든지
꽃을 피워낼 수 있으면
그때가 봄날이리라.

겨울에 피어서
더욱더 예뻐 보이는
동백꽃처럼
나도 이 시린 겨울에
꽃을 피우고 있다.

나에게 겨울은 봄날이다.

우리 엄마는 속눈썹이 긴 사람이 좋아서 아빠랑 결혼했나 봐. 윙크해주던 아빠의 성은 버들 유. ㅇ ㅠ. 아마도 별, 꽃, 공주 등 예쁜 이름 떠올렸겠지? 자기 닮은 딸을 낳고 이름에도 눈썹을 넣어주고 싶었나 봐. 엄마는 쌍꺼풀 있는 애교 눈썹 ㅊ 으로 바꾸기. 아빠는 겸손의 폴더인사 ㄱ. 생각하는 의자 ㄴ. 나눔의 열린 금고 ㄷ. 아무 의미 없는 것도 뒤집으면 오! 아!처럼 감탄사가 되는 ㅜ, ㅓ. 몇 날 며칠을 요리조리 놓아보고 맞춰보느라 고심했겠지? 둘이서 밤을 새워 지어 준 넷째딸 이름은 '춘덕'.

한 번 들으면 웃음이 나오고 잊지 못할 내 이름은 춘덕이.

'춘덕'이는 내 이름이다. 고급 레스토랑의 스테이크와 포도주보다는 동동주와 청국장 냄새가 진동한다. 우리 엄마 아빠는 자음 열네 개와 모음 열 개를 가지고 어떻게 이런 이름을 지을 수 있었는지 감탄스럽기만 하다. 더군다나 여자인 나에게 어찌 이 이름으로 세상을 살아가라고 그랬는지 모르겠다. 아무래도 나를 아주 강하게 키우려고 작정하신 것 같다. 그래서 언니들의 이름도 인정사정 볼 것 없이 춘자, 춘심, 춘숙이다. 그나마 내 이름이 가장 예쁜 편에 속한다.

사람들은 초면인데도 내 이름만 들으면 킥킥 웃어댔다. 그중에 폭포수처럼 폭소를 터뜨리는 이들도 있어 장내는 순식간에 웃음바다가 되기도 하고, 그 물살은 쉽사리 잦아들지 않았다. 얼굴로 웃기는 개그맨은 보았어도 이름으로 웃음을 주는 사람은 몇이나 될까? 이성 앞에서 내 이름을 말할 때면 판소리의 '난감허네'라는 대목이 절로 터져 나올 판이다.

나이가 들어 '춘덕 씨'라고 불릴 때는 어감이 마치 '호박씨'랑 별반 다를 바 없이 들릴 때도 있었다. 다른 장소에서는 어떠한 경우라도 한두 번 부르고 말 터이지만, 종합검진을 받으러 가는 날에는 사람들의 눈알 폭격을 맞아야만 했다. 검사할 항목과 이름을 부르는 횟수가 비례하니 기필코 아프지 말아야겠다는 결의를 다지게 된다. 교회에서도 성만 부르면 오죽이나 좋으련만 남의 속도 모르고 이름까지 통으로 부를 때면 참으로 은혜가 안 되었다.

우리 엄마는 순우리말로도 예쁜 이름이 얼마든지 많은데 하필이면 촌스럽기 짝이 없는 포장지를 덮어씌웠는지 의아하기만 하다. 겉포장보다는 내용에 더 충실해서 그런 것이었을까?

얼마 전 엄마랑 통화하다가 그동안 한 번도 물어보지 않았던 궁금증을 풀어헤쳐 놓았다. 내가 고등학교 1학년 때의 일이었다. 담임선생님은 첫 만남에서 출석을 부르다 말고 나를 보며 한마디했다. "너는 얼굴이 딱 '춘덕이'같이 생겼구나." 나는 엄마에게 내 이름만 아니었어도 그런 말은 평생에 한 번도 들을 일이 없었을 건데, 왜 이런 이름으로 지어 놓았는지 따져 물었다. 엄마는 대뜸 "아이, 염병한다. 내가 살다가 별소릴 다 들어보겄따. 얼굴하고 이름이 뭔 상관이 있다냐? 내 눈에는 이쁘게만 생겼는디 뭐시 이름하고 똑같다고 그런 소리를 했다냐? 글고, 그때는 나만 그런 거시 아니고 다 요렇게 짓고 글제 어째야?" 한다. 엄마는 옛날 사람의 이름이 전부 다 숙자, 영자, 광자였다고 했다. 실제로 이 중에 엄마 이름이 있다.

엄마가 옛날에는 모두 지금처럼 작명소에 가지 않고 이렇게 무더기로 집에서 지었다고 말했지만, 멀쩡한 이름을 가지고 있는 친구들도 있었으니 꼭 그런 것 같지만은 않다.

우리 이름의 탄생 비화는 이렇다. 큰언니는 그냥 뭘 좀 보는 놈이 와서 그렇게 해야 한다고 해서 한 것이고, 둘째언니랑 셋째언니는 왜 그랬는지 생각조차도 안 난다고 한다. 막내는 출생신고를 하려는데 아직도 이름을 못 짓고 있다고 하자, 동네 이장이 "그라믄 춘복이라고 해부씨요!" 해서 그렇게 지었단다. 그럼 아빠는 아무 말도 안 했냐고 물으니 "긍께 까깝하제. 니그 아버지는 배웠는디도 그랬다. 지어 논 대로 냅둔께 나랑 똑같제." 요즘 사람들은 아무도 엄마처럼 하는 사람 없을 거라 했더니, 엄마는 "옛날이라 그 지랄을 해놨따, 시방은 누가 그렇게 짓는다냐? 미련했승께 그랬겄제" 한다. 내가 "뜻에만 너무 치중하다가 그렇게 된 거예요?" 묻자 엄마는 그냥 '춘'자 돌림인 것이 죄란다.

나는 엄마가 마지막 한 자라도 신경을 썼더라면 내 이름을 살려낼 수 있지 않았을까 생각하다가 곧바로 회생불가능한 일임을 알게 되었다. 사람들은 내 동생을 보고 자매가 맞냐고, 아주 예쁘다고들 한다. 어떤 물건은 그저 그런데 포장지가 그럴싸해서 더 예뻐 보이는 경우도 있잖은가. 그런데 엄마는 명품백을 만들어놓고

상표를 '춘복'이라고 붙여버렸으니 고개를 갸우뚱할 수밖에 없다. '복'이란 글씨는 따로 떨어져 혼자 단독으로 있을 때는 모양도 예쁘고 뜻도 좋아서 그릇이나 접시의 한 중앙 또는 윗자리를 차지할 만큼 돋보이지만, '춘'자와 붙어서 그렇게 되었다.

그러나 따지고 보면 우리 엄마에게는 아무런 잘못이 없다. 남편의 성을 따랐고 집안의 '춘'자를 이어받았을 뿐이다. 다만 그 글자가 애석하게도 이 세상의 어떤 별스러운 것을 갖다 붙여놔도 옆에만 가면 바로 사망선고를 받은 거나 진배없었다. 집안에서 '춘'으로 시작하는 웬만한 이름은 이미 다 주워가버리고 남은 것에서 추렸어야 했던 엄마는 그 나머지 한 글자에 모든 걸 걸어야만 했을 것이다. 그래서 뜻을 포기할 수는 없었다. 성은 아빠의 뼈대이고 이름은 자매들과 같이 엄마의 살과 피를 나눠 가졌다. '춘'이란 글자로 한데 묶여 자매애 이상의 어떤 전우애까지 느낀다고나 할까. 우리는 가운데 글자가 같아서인지 각자 별개의 이름으로 지어진 것보다 애정이 남다르다. 커서도 자매끼리 흩어지지 말고 우애 있게 잘 지내기를 바라는 마음에서 그러지 않았을까 싶다.

엄마는 나에게 미안했는지 본인도 내 이름이 그리 세련되었다고는 생각 안 한다고 하시면서 웃으신다. 그러고는 "춘덕이 니 이름을 '말진未盡이'로 지으믄 아들을 낳는다고 해서 집에서는 그렇게 불렀는디, 거 봐라! 막내가 또 딸이 나와부렀냐안. 그거시 뭔 소용이 있다냐?" 하셨다. 엄마는 남 말하듯이 자기도 왜 그랬는지 모른다고 한다. 그러나 우리 엄마는 이렇게 자기 자식의 이름마저도 무심하게 지을 만큼 순박하다. 아마도 나의 '덕'은 엄마 아빠가 덕석 말다 말고 눈이 맞아 그랬는지, 더덕 캐다가 향에 취해서 "춘덕이로 하세" 하고 극적인 합의를 봤는지 모를 일이나 전적으로 보아 아주 가능성이 없어 보이지는 않는다.

엄마는 나와 이야기하다 말고 갑자기 "니 이름의 '덕'자 때문에 니가 똑똑한 아들을 낳은 거시여. 그것이야말로 '덕'이 엄청 많은 것이제"라고 한다. 나를 위해 뭐라도 하나 해줘야 할 것 같은지 급히 하나 만들어서 말해주는 우리 엄마에게 나는 이 세상에서 가장 예쁜 '춘덕'이다.

봄날은 온다

식당으로 가는 길, 자동차 안에서 운전하던 권사님이 나의 이름을 듣자마자 실신할 듯이 웃어 젖혔다. 웃음폭탄이 터져버린 것이다. 내 이름이 자기 이름 '점순'이보다 더 시골스럽다는 게 이유였다. 너무 크게 웃어서 운전대에 머리를 찧을 정도가 되어 이러다가 사고 나겠다며 갓길에 차를 세운 후 다 웃고 가자고 했다. 그날 나는 내 이름을 듣고서 눈물까지 흘리는 사람을 처음 보았다. 이 세상에 자기 이름보다 더 촌스럽다며 은혜를 받았단다. 내 이름은 이런 구수한 이름을 가진 사람들에게 위로와 위안을 주기도 한다.

'춘'은 학연이나 지연보다 더 끈끈하고 친근하다. 나는 처음 보는 사이여도 친척을 만난 듯한 동지애를 느낀다. 굳이 말하지 않아도 이름에 얽힌 사연을 짐작하기 때문이다. 그래서인지 시인 중에서도 김소월보다는 김춘수에게 마음이 더 간다. 그도 나와 같이 이름에 얽힌 고충이 있었을까. 교과서에도 실렸던 「꽃」이라는 시를 보면 "누군가가 나의 이 빛깔과 향기에 알맞은 이름을 불러주면 그에게로 가서 그의 꽃이 되고 싶다"라는 구절이 있다. 나는 이 대목을 읽을 때면 실제로 그의 이름이 궁금해진다. 우리의 환상을 산산이 깨는 삼식이가 아닌, 멋지고도 근사한 이름이기를. 그녀가 말숙이와 삼순이가 아닐 거란 기대처럼.

　우리는 포장을 보면 대충 내용물이 어떠하다는 것을 가늠할 수 있다. 백화점에서 옷을 사면 비닐봉지에 담아 주거나 신문지에 돌돌 말아 주지 않는 것처럼 남자들은 여자의 이름만으로도 얼굴이 어떨 거라는 선입견을 갖게 된다. 이 시에서는 누군가 자기의 이름을 불러주면 그의 꽃이 되고 싶다고는 하나, 나는 그와 정반대였다. 불리는 내 이름이 부끄러웠다. 파스를 붙인 살갗처럼 얼굴이 화끈거렸고, 그 냄새로 거리를 좀 두어야 하는 비호감의 어떤 것으로 생각했다. 나의 빛깔과 향기를 맡을 수 없도록 가로막고 방해하는 이름을 떼어 내버리고 싶었다. 장미나 백합처럼 예쁜 꽃병에는 꽂힐 수 없고 된장국 뚝배기 속에서나 부글부글 끓고 있을 호박 같은 내 이름. 그래서 아무도 내 이름을 부르지 않았으면 했다. 촌스러움의 극치라고나 할까.

그런데 내 이름이 좋아진 결정적인 계기가 있다. 바로 글을 쓰고 나서다. 일단 내 이름은 들으면 입에 착 달라붙고 머리에서 떨어지지 않는다. 냄새가 난다는 것은 존재감이 확실하다는 의미이고, 효능을 제대로 발휘하고 있다는 뜻도 된다.

촌스러움은 세련된 것보다 편안함을 준다. 공장에서 획일적으로 만든 제품은 일점일획도 흐트러짐이 없다. 일직선이며 반듯하고 매끄럽다. 그러나 사람이 손으로 만든 물건은 울퉁불퉁하고 투박하다. 아파트의 현관문보다 시골의 대문과 정제의 문짝에 더 정감이 가고 포근함을 느끼는 건 세월이 만들었기 때문이다. 내 이름은 화원에서 사 온 꽃보다 들판에서 본 것 같은 자연스러움이 있다. 풀잎 끝에서 핀 작은 꽃잎 같은 내 이름은 아마도 어릴 적 누군가의 고향이고 엄마이며 친구 같은 향수를 불러일으키는 그 무엇이지 않을까 싶다.

그러나 이름이 개똥이면 어떻고, 소똥이면 어떠랴? 아무리 예쁜 이름을 가졌더라도 사람이 별로이면 아무 소용없다. 이름이 촌스러워서 부끄러운 것이 아니라 부끄러운 삶을 살면 이름이 부끄러워지는 법이다. 그래서 작가의 이름으로 무엇이 나은지를 놓고

의견이 분분했다. 내가 먼저 춘덕이로 한다는 말을 듣고 문우가
뜯어말린다.

"애, 그러면 안 돼. 네가 생각을 한번 해봐. 기껏 아름다운 시를
써놓고 지은이를 유춘덕으로 하면 그 위에 고춧가루를 뿌려버린
거나 마찬가지지. 안 그래?"

선생님은 내 이름을 '멍덕'으로 바꾸라고 한다. 듣는 이는 무슨
영문인지 의아해하겠지만, 독보적이란 것에 주안점을 둔 것이다.

"이런 이름은 세상 어디에도 없어, 독자들 머릿속에 강렬하게
남을 거야. 그리고 멍덕이가 글을 기가 막히게 잘 쓰면 오히려 더
반전이지."

내가 아는 동생에게 이 이야기를 전했더니 두말도 안 하고 그렇
게 좋으면 선생님 가지시라고 한다. 내가 사람들의 반응이 이상하
다고 하니까 선생님은 철중쟁쟁이라고 더 열을 올리신다.

"그래서 더 좋은 거여. 예술인은 자고로 기억에 남아야 해. 임꺽
정을 누가 잊어부러? 내가 장난삼아 놀리려고 하는 거 아니여. 유
명해지면 나한테 고마워할 거여."

"그 사람이 누군데요?"

"도둑놈이잖아."

"그 이름대로예요. 내 앞날이 꺽정스러워서 못 하겠어요."

그 옆에서 우리 이야기를 듣고 있던 아드님은 한술 더 뜬다. 내

이름이 랩도 아닌데 이제는 '덕'으로 운율을 맞춘다. 글쎄, '화덕'으로 하란다. 이유를 물으니 사람들에게 맛있는 빵을 만들어 준다는 것이다. 나는 '멍덕이'보다 '화덕이'가 더 웃긴다. 빵 굽는 온도를 한참이나 잘못 맞췄다. 그 열광의 도가니는 그만 도를 넘어 새까맣게 타서 아예 먹지 못하게 되었다. 그럴 바엔 차라리 '뺑덕'이가 낫겠다 싶다. 심청전에 나오는 뺑덕어멈 말이다. 우리 엄마가 아신다면 뭔 개똥같은 소리냐고 한마디하실 게다.

나는 이제껏 40년이 훨씬 넘도록 춘덕이란 이름으로 살아왔다. 그 이름으로 사는 동안 기쁜 일보다는 슬픈 일이 더 많았지만, 『시편』에서 "고난당한 것이 내게 유익이라"나 『로마서』의 "우리가 알거니와 하나님을 사랑하는 자 곧 그 뜻대로 부르심을 입은 자들에게는 모든 것이 합력하여 선을 이루느니라"라는 말씀처럼 이것이 나의 고백이 되었다는 데에 감사하다. 글을 쓰면서 '춘덕이'라는 이름이 독보적이라는 걸 알게 되었다. 다른 이름으로는 대체 불가능하고, 한 번 들으면 잊을 수 없는 그야말로 최고의 이름을 지어주셨다고 생각한다. 내 글 위에 춘덕이라는 이름의 꽃가루를 뿌린 거나 마찬가지다.

사람들은 왜 이제야 글을 쓰냐며 아깝다고들 하지만, 나는 되려 지금이라서 좋다. 쓴 나물에는 뭐니 뭐니 해도 진간장보다는 조선장을 넣어야 맛나다. 충분히 발효되고 숙성되는 시간이 있어야 좋은 맛을 낼 수 있기 때문이다. 쓰디쓴 나물에 참기름하고 깨만 넣어 무쳐도 감칠맛이 도는 조선간장처럼 말이다. 내 이름처럼 된장 냄새가 물씬 풍기는 춘덕이로 살아온 세월이 있었기에 지금의 내 인생은 깊은 맛을 낸다. 풀무불에 담금질하고 나온 정금 같은 내 이름은 춘덕이. 지금의 나는 다른 이름으로 살아가고 있지만, 내 깊은 내면과 피는 여전히 '춘덕'이다.

그렇다. 나는 멍덕이도 화덕이도 아닌 춘덕이다. 조물주가 내 인생을 조물조물 무쳐서 금가루를 뿌려준 나의 이름.

우리 부모님은 최고의 작명가인 듯싶다. 이름은 이렇게 단순한 호칭이 아니라 부모의 염원과 혼이 깃든 축복의 기도문이기도 하다. 이름을 부를 때마다 복을 빌어주는 일이다. 아무리 나쁜 부모라도 이름만큼은 최선으로 지어준다. 이름은 부모에게 받은 최초이면서 최고의 선물이다. '부디, 그렇게 되기를 바라고 축복하노라'의 뜻이다.

나는 믿는다. 이 시린 겨울이 지나면 머지않아 나에게도 엄마 아빠가 내 이름에 넣어주었던 그 봄 춘春처럼 꽃 피는 봄날이 오리라는 것을.

청보리밭
길

    학교 가는 길, 우리는 신작로 넓은 길을 놔두고 한사코 좁고 구불구불한 길로 다녔다. 냇가를 가로지르는 다리를 지나 산을 끼고 도는 길이 버젓이 나 있었지만, 아무도 가려 하지 않았다. 우리가 왜 한사코 친구들과 어깨가 부딪힐 만큼 좁은 곳으로 다녔는지 생각해보면, 아마도 숨소리와 살 닿는 게 좋아서였을 것이다.

    나일론 보자기에 책과 공책을 넣고 돌돌 말아 허리춤에 묶으면 농게의 등짝을 닮은 책보 가방이 완성되었다. 알록달록한 꽃게 가방을 메고 양쪽으로 펼쳐진 청보리밭 사잇길을 앞서거니 뒤서거니 걸었다.

학교를 파하고 돌아오는 길, 우리의 하루는 그때부터 시작이었다. 너나 할 것 없이 보릿대를 하나씩 끊어서 통피리를 불었다. 빨대처럼 생긴 보리 대롱을 뽑아 한두 번 이로 약간만 깨물면 피리가 된다. 그러나 피리 부는 요령을 알지 못하면 백날 불어도 헛바람 소리만 난다. 손가락 두 마디 길이로 잘라 입 쪽을 납작하게 한다음 그 부분을 불어야 한다. 보리피리는 피리처럼 노래나 연주가가능하지 않다. 〈섬마을 아기〉라든가 〈내 사랑 클레멘타인〉을 부를 수 없다는 뜻이기도 하다. 보리피리는 삑삑 몇 음절 정도의 소리만 낼 수 있다.

그러나 단조로운 그 소리가 어떤 악기보다 듣기 좋았다. 기계음은 귀가 아프고 거슬리지만, 자연은 그마저도 아득한 향수를 불러일으킨다. 만일 뿌우뿌우 선박의 뱃고동 소리와 기차의 칙칙폭폭기적소리가 없다면 무슨 재미가 있을까. 그 소리가 있어 정겹고타는 맛도 나는 것이다. 보리피리의 마력은 여기에 있다. 소리만나도 좋고 자꾸만 듣고 싶어진다는 점이다. 보리피리는 도레미파솔라시도의 계명이 없고 불러서 곡조가 나지도 않지만, 음악시간에 부는 피리는 귀해서 우리에게는 이마저도 놀잇거리가 되었다.

또 하나의 추억으로는 보리를 구워 먹는 것이었다. 낮으로 벤

보릿대를 한 주먹씩 묶어 붙들고는 지푸라기 위에 올린 후 돌려가면서 익힌다. 살짝 그을려 손으로 싹싹 비벼 먹으면 입 안에서 톡톡 터지는 고소한 맛이 일품이었다. 입 주위가 시커멓게 되어 서로의 얼굴을 쳐다보면서 또 한번 깔깔깔 웃곤 했다. 이 또한 금세 놀이가 되었다. 그러나 이런 일은 이따금 재미로 한 행동이었고, 매번 기분 좋은 대단한 사건이나 특별한 일이 있었던 건 아니었다. 학교에 늦어 헐레벌떡 뛰어가기도 했고, 풀 죽어 걸어갈 때도 있었다.

나는 가끔 혼자서 청보리밭 길을 걸었다. 매년 다시 태어나도 언제나 내 키를 따라잡고야 마는 까칠한 보리는 꼿꼿하게 서 있었다. 바람이 휘몰아쳐도 결코 고개 숙이지 않았다. 나는 보리의 기다랗게 땋은 머리가 부러웠고 보리는 나의 부드러운 머릿결을 좋아했다. 몇 단을 땋을까. 12단, 13단…… 누가 더 통통하고 길게 땋는지가 그들의 자랑거리였다. 바람이 보리를 쓰다듬으면 물결처럼 흔들리는 모습은 보는 이의 마음을 시원하게 만들어 주고 온갖 시름까지 잊게 했다. 그 청보리는 내 머릿결 따라 바다물결처럼 흔들렸다.

그러나 보리를 예쁘게 보이도록 한 것은 그 거친 까끄라기 덕분이다. 머리를 네 갈래로 야무지게 쫑쫑 땋은 듯한 보리는 기다란

삐침 머리 한 가닥을 내놓고 바람에 나부끼는 모양을 보고만 있어
도 황홀했다. 보리는 내가 지나갈 때면 바람의 신호에 따라 '파도
타기' 응원을 해주었다. 나는 그 기운을 받으면서 청보리밭 길을
오갔다. 가지런하고 정갈한 청보리는 부스스한 머리칼을 헤드뱅
잉 하는 갈대처럼 자기 멋대로 정신없이 흔들어대는 것이 아니라,
한마음 한뜻이 되어 일제히 같은 방향으로 움직였다. 보리는 농부
의 발걸음보다 우리의 재잘거림과 웃음소리를 듣고 자란 보리가
더 빨리 컸다. 청보리는 그곳에 가만히 있기만 해도, 그저 바라만
보아도 좋았다.

그 길을 함께 걸었던 내 친구 은옥이의 회상이다.

"나도 들판을 돌아다니면서 놀았던 기억이 나. 너는 맨날 가방
지키고 있으면서 우리 보고 삐비 뽑고 찔구 끊어 오라고 시켰어.
우리가 한 주먹씩 끊어 오면 네가 순번까지 매겼지. 너는 1등, 너는
2등. 너는 많이 했고 너는 째까 했고 그런 것을 전부 말해줬다니
까."

"푸하하하. 나 지금 너무 웃겨서 숨넘어갈 지경이야. 누가 들으
면 내가 친구들 때리고 삥 뜯은 줄 알겠네. 근데 너희들은 왜 내가
말한 대로 한 거야?"

"응, 그건 너를 입으로도 못 이기고 못 해본께 시킨 대로 했지.

너는 굉장한 말괄량이였어. 네 별명이 똑네였잖아. 우리를 때리지
는 않았는디 대신 입으로 조자부렀제. 니가 말을 엄청 잘했어. 너
그때 땍땍땍땍 했던 것 기억 안 나냐? 그나저나, 너 하나를 우리
다섯이 못 이겼어."

"지금 들어도 아주 미안해지는 이야기네. 그런데 내 가방은 왜
든 거야?"

"응, 네가 어렸을 때부터 리더십이 아주 좋았어. 그래서 니가 들
어라 그러믄 들고 맡으라고 하믄 맡고 그랬지. 누가 삐비 많이 끊
어 왔나 시합했잖아. 나는 지금도 시골을 생각하면 언덕 지나서
꼬불꼬불헌 그 길이 제일 먼저 생각나. 넌 아침에 학교 갈 때는 니
언니들하고 갔을 거야. 그래서 그런가, 나는 학교 갈 때보다 학교
에서 끝나고 우리 동네로 돌아올 때 그 길이 더 많이 생각나. 아침
에는 따로 갔지만, 올 때는 너랑 항상 같이 왔으니까."

나는
파라오 공주였다

어린 시절, 동경의 대상이었던 내 친구 미화는 어딜 가나 튀었다. 서울에 사는 동생 넷을 둔 그 애 엄마는 딸을 서울 계집애들처럼 키웠다. 우리 동네에서 커트머리를 한 애는 미화와 그 동생들뿐이었다. 미화는 우리와 달랐다. 의상실에서 옷을 맞췄다. 하얀 땡땡이 무늬가 있는 빨간 블라우스와 곤색 주름 멜빵 치마를 입었고 아무도 신지 않는 하얀 스타킹에 빨강 구두를 신었다.

무더운 여름, 친구들과 함께 냇가에서 멱을 감을 때도 미화는 혼자만 잔꽃 무늬의 메리야스를 입었다. 우리보다 두 겹이나 더웠을 미화, 나는 그 애가 물속으로 뛰어 들어올 때면 꽃잎 물이 빠질까 봐 마음 쓰였다. 미화는 예뻤다. 얼굴도 그랬지만, 그 애 엄마의 센스가 한몫했다. 어느 누구한테 갖다 입혀도 멋쟁이가 되는 패션이었다고나 할까. 나는 은근히 그런 엄마를 가진 미화가 부러웠다. 우리 엄마와는 딴판이었다. 엄마는 딸내미를 검정 고무신과 보자기 가방에 단발머리로 꾸몄다. 여왕이 되는 조건은 무엇인가. 그것은 파라오 공주 머리, 까만 피부, 손에 가방을 들지 않는 것이다.

우리 엄마는 미화 엄마보다 더 세련되거나 신여성은 아니었지만, 시대를 앞질러 갔다. 나를 이집트의 파라오 공주처럼 키웠다. 우리 동네 여자애들 대부분 머리가 길었지만 내 머리 모양은 단발머리, 일명 '몽실이' 머리였다. 나는 폐식용유로 만든 빨랫비누로 머리를 감아도 머릿결만은 좋았다. 여왕의 머리칼은 자고로 태양 아래서 더 빛나고 반짝거려야 한다.

공주 수업에서 고무신을 신는 것은 필수였다. 구두는 둔감하지만, 고무신은 땅의 감촉을 생생하게 느낄 수 있다. 튀어나온 자갈에도 휘어지기는 했지만 그렇다고 얕잡아 보아서는 안 되었다. 물샐 틈 없이 치밀하지만 방심하는 순간, 가시가 고무신을 뚫고 들어올 수 있다는 것을 몸으로 체감하게 되었다. 내 검정 고무신은 명줄이 아주 질겼다. 밑창과 본체가 한 몸뚱이여서 서로 떨어져

나갈 일도 없고 닳아서 못 신기 전까지는 쌩쌩했다. 막 뛰어놀기에는 고무신이 최고였다.

　미화의 구두가 물 밖으로 못 나오는 올챙이라면 내 고무신은 개구리처럼 마른 땅이나 물속 어디든 드나들 수 있었다. 미화가 얼굴이 예뻤음에도 여왕이 될 수 없었던 이유는 피부 톤 때문이었다. 뙤약볕에서 친구들과 함께 아무리 뛰어놀아도 혼자만 뽀얗고 하얀 얼굴로 다시 돌아갔다. 그에 반해 내 피부는 까무잡잡했다. 나는 공주가 되기에 완벽했다.

　냇가는 우리의 전용 수영장이었다. 그곳은 다이빙diving할 만큼 깊지 않아서 까딱 잘못하다가는 저세상으로dieving 갈 수도 있었다. 올챙이처럼 가장자리만 맴돌다가 개구리헤엄을 치게 되었을 때 하늘을 나는 듯한 기분이었다. 올챙이가 개구리가 되어 뛰어오르던 때가 이러했을까.

　살다 보면 무어라 형용할 수 없을 만큼 좋은 날이 있다. 기분 째지게 좋은 순간! 개구리가 뛰어오르는 몇 초, 그것은 멀리뛰기가 아닌 비행이다. 그 찰나만큼은 하늘을 나는 새가 된다. 온몸을 전율케 하는 짜릿함. 드디어, 내가 물 위로 떴다.

　나는 비 오는 날도 좋았다. 하늘을 한 겹 벗겨낸 듯한 파란 비닐우산은 투명했다. 흘러내리는 빗줄기와 투둑투둑 떨어지는 빗방울 소리를 동시에 감상할 수 있었고, 걸을 때 펄럭펄럭 추임새까지 넣어주면 미화의 쇠 우산보다 좋았다. 대나무로 된 우산 손잡이와 가느다란 살은 걸림쇠가 코 모양이다. 미화의 콧대보다 높은 우산도 나를 받들어주었고, 나는 천둥 번개가 쳐도 감전될 일 없는 대나무의 손잡이를 꼭 붙들었다. 그러나 비닐우산은 나약했다. 태풍 앞에서는 꼼짝 못 했다. 한 번의 입김에도 살이 꺾여 뒤집히고 말았다. 빗방울이 비닐을 뚫어버릴 기세로 퍼부을 때면 그만 접어야만 했다. 그런 날은 내가 우산을 지켜야 했고, 나는 그렇게 흠뻑 젖었다.

내 가방은 책과 공책, 도시락을 넣고 돌돌 말아서 아무 귀퉁이나 잡고 매면 끈이 되는 보자기였다. 간혹 빨간 김칫국물을 쏟아서 책과 공책을 젖게 하고 고약한 냄새를 풍겨서 나를 곤욕스럽게 했던 날만 빼면 괜찮았다. 내 등에 찰싹 업힌 책보 가방은 나의 분신과도 같았다. 내가 뛰면 볼펜 꽁다리에 끼워둔 몽당연필까지 몽땅 뛰고, 필통 속은 춤판이 벌어진다. 심지를 예리하게 깎아지른 연필은 창춤을 추고 방패춤을 추는 지우개와 함께 칼춤을 추었다. 그에 반해 미화의 가방 속 도시락은 얌전했다. 하얀 쌀밥에다 아무리 콩자반, 멸치, 고기반찬을 싸 와도 내 꽁보리밥 위의 암탉이 낳아준 해 하나를 이길 수는 없었다.

미화의 가방은 가재를 삶은 듯한 끈이 달린 빨간 가방이었다.

끈 떨어지면 아무짝에도 소용없는 비닐 가방을 메고 다녔다. 그러나 공주의 자질에는 가방의 재질이 보자기인지, 비닐인지가 중요하지 않았다. 손으로 들지 않으면 된 것이다. 나는 파라오 공주였다.

이집트의 피라미드는 세계 7대 불가사의 중 하나다. 피라미드의 신비는 '발상'이다. 남들이 생각해내지 못한 정사각뿔의 모양이다. 주위에서 흔히 볼 수 있는 정사각형이나 직사각형의 틀이 아닌, 호기심과 궁금증을 자아내는 건축물, 현대인들이 최첨단의 기술과 공법으로도 밝혀내지 못한 돌 블록으로 쌓아 올린 가파른 경사면의 구조물이다. 다른 사람들이 꿈도 꾸지 못한 새로움과 도전정신이 빛을 발한다.

지금까지 나의 인생은 피라미드처럼 미스터리다. "너는 내게 부르짖으라. 내가 네게 응답하겠고 네가 알지 못하는 크고 은밀한 일을 네게 보이리라."(렘 33:3) 나는 하늘의 비밀과 영감靈感을 주시는 절대자에게 귀를 기울인다. 나는 돌이 아닌, 상상과 지혜로 높은 차원의 이야기를 짓는 이야기꾼으로 남고 싶다.

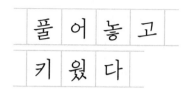

풀어놓고 키웠다

    내가 태어난 곳은 어느 작은 시골 마을, 나는 들판에 핀 들꽃처럼 자랐다. 바퀴 달린 것 중에 가장 빠른 것은 자전거였고 그것도 있는 집에서나 구경할 수 있었다. 우리가 타본 것은 학교 운동장의 시소나 아빠가 태워주는 목마가 전부였다. 우리는 두 발로 다녔다. 우리의 시계는 천천히 갔고 달과 별과 해도 굼떴다. 소달구지를 타고 다니던 시절, 우리는 눈만 뜨면 놀 궁리를 했다. '무궁화꽃이 피었습니다'는 우리의 암호였다. 남자애들은 팽이치기, 자치기, 구슬치기, 딱지치기를 하고 여자애들은 팔방놀이, 실놀이, 술

래잡기, 소꿉놀이를 하다가도 무궁화꽃이 피면 우리는 모두 함께 모여서 놀았다. '무궁화꽃이 피었습니다'는 일본의 '오똑이가 넘어졌다'와 '스님이 방귀를 뀌었다'처럼 그 말 자체로는 전혀 웃기지 않다. 여기에 웃음이 빠진다면 그야말로 재미없는 놀이에 불과하다. 그러나 우리에겐 웃음이 있었다. 사람을 즐겁게 만드는 웃음. 우리는 눈만 마주쳐도 웃었고, 아무것도 아닌 부분에서도 까르르 웃었다.

"무궁화꽃이 피었습니다"라는 말만으로도 마냥 즐거웠다.

우리가 못생긴 공깃돌 다섯 개와 고무줄 한 가닥만으로도 온종일 신날 수 있었던 이유는 우리에게 '서로'가 있었기 때문이다. 네 땅도 아니고 내 땅도 아닌 우리의 땅이었다. 우물도, 고샅도, 당산도 모두 우리의 것이었다. 그래서 내 엄마가 아닌 우리 엄마, 우리 언니, 우리 집, 우리 마당이었다. 내 것보다 우리의 것이 더 많았다. 달력을 찢어서 만든 딱지와 가슴에 찬 실핀은 우리의 훈장이자 보물이었다. 공부 잘하는 것보다 놀이를 잘하는 애가 더 대단해 보였다. 손가락을 튕겨 작은 동그라미 안에 집어넣는 삔치기와 돌 주워 먹기, 고무줄놀이는 단순히 놀이가 아니라 과학이며 노래와 율동이 있는 예체능의 종합체였다. 어디에도 뒤지지 않는 훌륭한 친환경 교구이며 교재였다.

우리들의 간식은 들판에 있었다. 주인이 따로 없었고, 조미료나 설탕이 가미되지 않은 순수한 맛이었다. 찔레를 '찔구'라고 불러야 더 친근하고, 삘기를 '삐비'라고 해야 더 맛있었다. 이것도 맛있는데 산딸기는 얼마나 달콤했으랴.

사람들은 어쩌면 56살 나이에도 이런 감성을 가질 수 있냐고 묻는다. 18세 소녀와도 같은 나의 감성이 어디에서 왔을까 생각해보면 아무래도 유년시절에 답이 있는 듯하다.

나의 모든 감각은 열려 있었고 하늘과 땅의 소리를 피부로 느끼고 마음으로 들었다. 아마도 '춘덕'이라는 이름을 짓기도 전 엄마의 뱃속에서부터 시작되었지 않나 싶다. 나의 별은 굵었고 그만큼 더 빛났으며 손으로 만질 수 있을 만큼 가까웠다. 이 세상에서 엉덩이가 가장 예쁜 반딧불이는 하늘의 별과 비교할 수 없을 만큼 아름다웠다. 개똥벌레라 부르기엔 어딘가 좀 미안한 생각이 드는 천상의 아기별이다. 깜깜한 밤, 똥구멍에 깜빡깜빡 깜빡이 불을 켜고 다니는 반짝반짝 반딧불이는 신비함 그 자체였다. 전기선도 없고 정전되지 않는, 에디슨의 전기 발명과는 차원이 다른, 넋을 놓고 바라보게 되는 그 무엇이었다. 나 혼자서는 풀 수 없는 수수께끼였다.

엄마는 나를 방목했다. 해 뜨는 때부터 해 질 때까지 놀게 해주었다. 시멘트보다 흙을 먼저 밟게 된 건 나에게 행운이었다. 흙은 유연하고 편안하다. 비를 맞으면 밀가루 반죽처럼 되기도 하고, 뭉치는 대로 모양이 만들어지기도 하고, 또 언제 그랬냐는 듯이 흩어진다. 오늘의 이랑은 두둑이 되기도 하고 그 두둑은 내일의 이랑이 되기도 한다. 냇가에서 손빨래했던 엄마는 우리의 옷이 젖고 땅바닥에 굴러 흙범벅이 되어도 지청구를 하지 않았다. '떡은 자고로 콩가루 위에서 뒹굴어야 제맛이지'라는 생각이었을까, 하루에 한 벌씩 먼지투성이의 옷을 벗어 놓아도 콩고물을 뒤집어쓰고 있는 쑥떡처럼 당연하게 받아주었다.

"공부는 니가 안 했제. 내가 하란다고 허겄냐? 일도 째깐헌게 안 시키고 또 광주로 나와분께 안 했냐안. 글고 너는 어렸을 때 징허니 노래도 잘 부르고 춤도 잘 췄써야. 할매들이 모타가꼬 너를 가운데 두고는 방으로 삥 둘러앉아 있으믄 딸 많은 서당골 민자 할매가 장구 치고 너는 춤을 추고 그랬제. 할매들이 너를 월매나 이뻐라고 했다고야. 모다들 꼴마리에서 돈 1원짜리 한나썩 주고 조마니에서 뭔 종우때기 돈도 꺼내가꼬 줬써. 명절에믄 통 그랬제, 시도 때도 없이 그러겄냐?"

독한 년

나의 꿈은 현모양처였다. 아이를 낳고 남편을 뒷바라지하면서 평범하게 살고 싶었다. 욕심도 없었고 남보다 더 잘나고 싶거나 더 많이 갖고 싶은 마음도 없었다. 앞자리보다 뒷자리나 구석에 자리하는 게 편하고 좋았다. 그러던 어느 날 우연히 길을 걷다가 캐스팅된 배우들처럼 글 쓰는 언니의 모임에 따라갔다가 선생님의 눈에 띄었고, '너는 천재다. 타고났다'라는 꼬드김에 넘어가 오늘까지 글을 쓰고 있다.

선생님은 나의 말 몇 마디와 처음 쓴 시 한 편을 읽고 "이거 정말로 춘덕씨가 쓴 것 맞아요? 내가 오늘 다이아몬드 원석 하나를 주웠네요"라면서 앞으로 대단한 작가가 될 거라 했다. 글을 써본 적도 없고 작가가 꿈이었던 적도 없던 내가 어떻게 글을 쓸 수 있겠는가. 말도 안 되는 일이었다. 그 이후, 하나님은 이 일에 나를 부르셨다 하셨고, 골백번을 다시 물어봐도 대답은 같았다. 다른 길은 다 막혔고 오직 글을 쓰는 길만 열려 있었다. 상황과 여건은 나를 막다른 골목으로 몰았다.

구약성경에서 생리가 끊어진 사라에게 하늘의 별과 같이, 바다의 모래알과 같이 셀 수 없으리만치 많은 자녀를 주시리라 말씀하셨을 때 속으로 피식 웃었던 사라처럼 나는 코웃음을 쳤다.

나는 문학을 대학에서 전공하거나 학교에서 배운 적이 없다. 문학소녀도 아니었고 책을 좋아하지도 않았다. 사람들의 추천을 받아 처음 읽게 된 책이 조정래의 『태백산맥』이었다. 그야말로 내가 넘을 수 없는 험준한 산맥이었다. 그 험난한 산봉우리를 자그마치 열 개를 넘는 동안 진이 다 빠져버렸다. 처음 책에 입문할 때는 평지를 걷거나 동산부터 올랐어야 했는데 낭패였다. 빽빽한 사람들의 이름에 치여 저절로 하산하게 되었다. 그 뒤로 손에서 책을 놓았다. 글쓰기의 기본은 책 읽기가 아니던가. 그런 면에서 볼 때 나는 글을 쓸 수 없는 사람이었다.

내 나이 쉰셋에 글을 쓰기 시작했고 횟수로 3년이 되었다. 이제는 쉰여섯, 환갑이 가까운 늦은 나이에 고3 수험생처럼 살게 될 줄이야. 내가 고등학교 3년 때 지금 하는 정도의 10분의 1만 했어도 S대에 들어가지 않았을까 싶다.

2층 다락방, 깎아지른 벼랑 끝에 내 책상이 놓여 있다. 해가 퇴근하면 내 방 전등이 교대 근무를 한다. 구름이 낀 달빛처럼 흐리멍덩한 전등은 내 등을 등지고 독서등은 자동차의 쌍라이트처럼 내 눈을 향해 쏘아 올린다. 계단을 한 칸씩 올라갈 때마다 온도를 높이는 2층의 공기에 숨이 턱턱 막힌다. 찜통더위보다 더 펄펄 끓는 가마솥 열기와 잠을 쫓는 흑색소음 속에서 섬광 같은 영감을 뜰채로 건져 올린다. 오래된 선풍기는 밤새 열을 내며 달달 떨고 내 옷은 땀으로 흥건히 젖는다.

장마가 시작되고 내 방은 동굴처럼 어두침침해졌다. 왱왱거리는 컴퓨터의 기계음 없이 불을 끄고 편히 잠들었던 때가 언제였던가. 눈은 쓰라리고 모니터 안 글씨에서 아른아른 아지랑이가 피었다. 어둠 속 나는 한쪽 눈을 번갈아가며 오타를 확인하고 이제는 아예 두 눈을 감은 채 머릿속의 자판을 두드리고 있다. 손가락이 아리다. 밭일을 많이 해서 관절염에 걸렸다는 말은 들어봤어도 타자를 많이 쳐서 그랬다는 이야기는 어디서도 들어본 적 없다.

그러고 보니 겨울은 어땠는가. 전기장판 하나로 텐트 속에서 지냈다. 아침에 일어나보면 보일러 온도는 10도, 내 생일날까지도 보일러가 고장 나 냉골에서 깨어날 때는 살아 있음에 감사했다. 지난달 가스비는 5,760원이고 이번 달은 7,180원이다. 내가 무엇을 했나 생각해보면 이틀에 한 번 주전자에 물을 끓여 마신 것과 한 달에 두 번 귀가하는 아들 반찬 만들어준 것을 빼면 달리 무언가를 조리한 적이 없는 것 같았다. 나는 굶지 않을 정도의 돈을 벌면서 글을 쓰다가 1년 반 전부터는 그마저도 때려치우고 글쓰기를 '생업'처럼 하고 있다. 누군가는 '살다 보면 살아진다'라는 말을 하지만 나에게 이 말은 턱없이 부족하다. 죽기 아니면 까무러치기였다. 깡다구로 버티고 견뎌내야만 했다.

글을 쓰는 동안 눈에서 실핏줄이 몇 번 터지고 모니터의 글자가 초록으로 보이는 현상이 나타날 때까지 독하게 매달렸다. 두 달도 채 남지 않았는데도 불구하고 책 한 권의 분량을 써내는 응모전에 도전하는 거며, 응급실에 갔다 와서도 낫지 않은 상태로 정해진 기간 안에 써내는 거며, 내가 생각해도 나는 정말 독종이다. 내 시골 친구 은옥이는 이런 나를 대견스러워한다. 글 써서 돈을 벌겠다고 끝까지 버텨낸 내가 대단하고 자랑스럽다며 좋아서 펄쩍 뛴다.

"너는 참말로 독한 년이다. 딴 여자들보고 너같이 허라고 하면 암도 못 헐 것이여. 너나 되니까 이걸 견디지, 다른 가시내들은 못

해야!"

　나에게 생겼던 모든 일은 글을 쓰기 위해서 훈련되고 단련 받는 과정이었으리라. 나를 잘 아는 선교사님은 "한 송이의 국화꽃을 피우기 위해 소쩍새는 그렇게 울었나 보다"란 한 문장으로 화답해주었다.

　우리 집은 전원주택 단지 안에 있다. 담 대신 홍가시나무로 울타리를 만들 참이었다. 나는 땅에 홍가시의 가지를 삽목하기 위해 그 자리에 있는 범부채와 아기 범부채꽃 무더기를 파내야만 했다. 범부채는 낱개의 부챗살을 풀로 잘 붙여서 만든 부채를 활짝 펼친 모양이고 아기 범부채는 부챗살이 각자 따로 노는 모습이다. 아기 범부채는 부채로 이름 붙이기에는 엉성하고 다른 곳에서 주어다 키운 자식처럼 하나도 닮지 않았다. 머리가 둥근 쪽파처럼 생긴 아기 범부채는 이제 어엿이 뿌리를 내리고 빈틈없이 빽빽하게 자리를 잡았다. 무리 지어 핀 그 식구들에게는 좀 안됐지만 어쩔 수 없이 뽑아서 삽 위에 팽개쳐 두었다.

　그러다 믿을 수 없는 일이 벌어졌다. 죽을 줄 알았던 범부채는 땡볕에서 꽃을 피웠다. 여섯 잎을 가진 주황 꽃이 피고 졌다. 먼지만큼이나 붙어 있던 흙과 아침이슬을 먹고 견뎌낸 것이다. 뜨겁게 달궈진 쇠 위에서 물도 흙도 없는데 몇 주를 살아내고 꽃까지 피우는 걸 보니 신기하다 못해 감탄이 터져 나왔다. 나는 '이야, 독한 것. 내가 졌다, 졌어. 그냥 도로 살아라' 하고는 다시 땅에 심어주었다.

사람들이 한 번씩 나는 누구를 닮았는지 물어올 때가 있다. 우리 셋째언니는 내가 엄마를 가장 많이 닮았다고 한다. 땡볕 아래 텃밭 일을 많이 하는 나를 보며 언니는 엄마처럼 피부암 걸리지 않도록 조심하라고 일렀다. 내가 그 병에 걸릴 확률이 높다는 얘기다. 나는 언니의 말을 듣기 전에 하늘에서 뚝 떨어졌나 하고 생각한 적이 있었다. 아무도 닮은 것 같지 않아서였다. 곰곰이 생각해보면 언니 말이 맞기도 하다. 키가 작고 코가 낮은 외모도 그렇지만, 바보 같은 면도 우리 엄마를 쏙 빼닮았다. 엄마는 혈혈단신의 몸으로 어떻게 견뎠을까?

소명이란 녹슬어가는 삽 위에서도 범부채가 꽃을 피워내는 것과 같다. 엄마에게 주어진 미션mission은 혼자서 딸 다섯을 키워내는 일이었다. 하나님은 그 임무를 완수하도록 무기 대신 '모성애'를 주셨다. 자식들이 잘되기만을 바라는 바람과 소원. 엄마에게 자식은 신앙과도 같다. 독하다의 또 다른 말은 강인함이다. 우리 자매들은 "만일 내가 우리 엄마처럼 산다면?" 이 말만으로도 고개를 절레절레 흔든다. 나는 독한 우리 엄마를 닮은 게 분명하다.

검정 비닐봉지

내가 혼자가 되고 돈을 벌지 않을 때 엄마는 내게 물었다. 돈은 있냐고, 밥은 무슨 반찬에다 먹느냐고. 날마다, 하루에도 몇 번씩 똑같은 질문을 한다. 아무리 걱정하지 말라고 해도 소용이 없다. 엄마가 호박죽을 쑤어 놓았다고 가지러 오라고 해서 가보면 한 솥이다. 흥부네 가족이 와서 몇 날 며칠을 배불리 먹고도 남을 만한 양이다. 내가 호박죽을 좋아하는 줄 아는 엄마는 매번 한 솥을 끓인다. 노란 호박꽃을 닮은 엄마의 호박죽은 그 빛깔이 유난히도 곱다. 밀가루도 섞지 않고 호박으로만 쑤어서 그런지 색이 샛노랗

다. 그냥 보고만 있어도 기분이 좋아지고 안 먹어도 배부르다.

내가 집에 돌아갈 때쯤이면 엄마는 나를 방으로 조용히 부른다. 그동안 모아둔 보물을 주려는 것이다. 그것은 다름 아닌 엄마가 동네 마실 다니는 옷가게에서 한 번씩 갈아주는 물건들이다. 엄마는 이곳저곳을 뒤져서 쇼핑백에 담아준다. 엄마의 장롱과 서랍장을 열면 나오는 물건들은 죄다 할머니 취향의 것들이다. 발목 위를 덮는 솜버선, 반짝이가 붙어 있는 빨간 스웨터. 일자형의 펑퍼짐한 홈드레스며 총천연색의 나일론 양말, 스모 선수나 입을 만한 엄마의 꽃 팬티다. 이것이 엄마가 나에게 줄 수 있는 최선이다.

고속도로를 타고 자동차로 30여 분 남짓 걸리는 우리 집, 내가 짐을 들고 현관문을 들어서기가 무섭게 전화벨이 울린다. 내가 도착한 것을 CCTV로 보고 앉아 있는 사람처럼 물건을 부리기도 전에 핸드폰에서 불이 난다. 엄마는 무슨 국가기밀이라도 털어놓는 것처럼 작은 목소리로 소곤거린다. 집에서 허드레로 입으라고 준 그 스웨터 속에 돈도 함께 넣어 두었다고 한다. 살짝 묶은 시늉만 한 검정 비닐봉지를 열어보니 꾸깃꾸깃한 오만 원짜리 지폐 한 장이 들어 있었다. 셋째언니와 함께 사는 엄마는 자기가 주었다고 아무에게도 말하지 말라고 신신당부한다. 더 많이 주고 싶었는데 이것밖에 못 주어서 마음이 아프다고 한다. 전화기 너머에서도 느껴지는 엄마의 마음, 나는 눈물이 핑 돌았다.

비닐봉지는 비교적 값이 싸고 푸성귀와 과일 같은 서민적인 것을 담는 데에 사용된다. 그 무엇도 비닐에 넣는 순간 싸구려처럼 보인다. 그래서 나는 우리 집에 온 손님에게 뭔가를 담아 줄 때는 비닐 대신 쇼핑백에 넣어준다. 내 마음의 정성과 성의 표시도 되고, 왠지 그럴싸해 보여서다. 고가의 근사한 물건을 담는 쇼핑백은 고이 접어 모셔 놓고 비닐은 아무 곳에나 처박아둔다. 길거리에 나뒹굴어도 아무도 거들떠보지 않고 욕심내지 않던, 집 안에서도 소중히 다루지 않고 음식물 쓰레기나 담는 용도로 썼던, 나에게 아무것도 아닌 그저 보잘것없고 하찮은 것에 불과했던 검정 비닐봉지.

만일 우리 엄마가 5백만 원이나 5천만 원을 바로 송금해줄 수 있는 부모였다면 나의 가슴이 이렇게까지는 미어지지 않았을 일이다. 나에게 5만 원은 5억이나 진배없었다. 칼로 엄마의 살점을 저민 듯한 지폐 한 장은 심장을 떼어서 검정 비닐봉지에 담아 준 것과 같다. 그날 이후, 검정 비닐은 나에게 특별한 의미로 바뀌었다. 효도를 다 해도 시원찮을 판에 나는 어쩌다가 엄마의 근심거리가 되었는지, 새까맣게 타는 까만 봉지와 꾸깃꾸깃 구겨진 지폐는 나를 걱정하는 엄마의 마음. 열 손가락 깨물어서 아프지 않은 손가락 없다고 하지만 가시 박힌 손가락을 깨물면 더욱더 아픈 것이다. 나는 어느새 엄마의 아픈 손가락이 되었다. 손끝만 스쳐도 쓰라린 손가락이 되고 말았다.

2장

내가 만난 꿈의 지도

냇가에 가 보면
돌멩이밖에 보이지 않는다.

그러나 가까이에 가서
그 밑을 들춰 보면
다슬기가 붙어 있듯이
부재와 가난 속에도
감사할 일들이 숨어 있다.

나는 그 어둠 속에 깔려 있던
'감사'를 주워 담았다.

텅 빈
집

엄마는 광주로 이사 오면서 일을 시작했다. 우물물 대신 수돗물을 마시게 된 우리 집에도 변화의 물결이 일었다. 제일 먼저 엄마의 옷차림이 달라졌다. 몸빼 바지 대신 양장과 구두를 신었다. 엄마도 어엿한 도시 사람이 된 것이다. 그 여파로 나에게도 원치 않는 목걸이가 하나 생겼다. 녹색 줄에 금빛이 나는, 노끈에 매단 열쇠였다. 엄마는 혼자 남겨진 나보다 집이 더 마음에 걸리는지 점점 문단속이 심해졌다.

대문을 열고 들어가면 제일 먼저 방문의 자물쇠통이 눈에 띄었다. 나에게 철벽을 치는 듯한 차가운 감촉, 애먼 쇠통은 나의 눈총을 받았다. 시골에서는 대문이 항상 열려 있었고 너나 할 것 없이 이름만 부르고 들어가면 되었다. 밤에도 방문을 걸어 잠그고 자는 사람은 없었다. 아빠 없는 우리 집 안방에만 문고리에 숟가락을 꽂았다. 다리만 뻗으면 넘어올 수 있는 낮은 담장이었지만 위험한 일이 닥치면 발 벗고 뛰어와 줄 이웃이 있었다. 그래서 우리는 두 다리 뻗고 잘 수가 있었고, 숟가락 하나로 충분했다.

숟가락은 혼자서 젓가락 몫까지 해내야 하는 홀어미인 우리 엄마와 닮았다. 팔찌만 한 고리를 은가락지 걸쇠의 숨구멍에 잡아걸고는 그 속에 꽂았다. 숟가락은 국자처럼 깊지도 않고 뒤집개처럼 평평하지도 않다. 아침, 점심, 저녁 하루 세끼를 먹여 살리는 것뿐만 아니라 밤에는 우리 목숨까지도 지켜주었다. 불구덩이 속과 대장장이의 망치질을 견딘다. 얼굴의 눈코입이 모두 눌리고 팔다리가 없다 해도 기꺼이 받아들인다. 자신을 주장하지 않고 자식들에게 맞춘다. 숟가락은 자식들 먹는 모습만 봐도 배부르고, 입 속에 넣어 주느라 자신의 몸은 쇠꼬챙이가 되었나보다. 숟가락의 생명은 반듯한 데에 있다. 만일 휜다면 그 쓰임새는 끝난 거나 다름 없다. 그래서였을까. 나는 자기 목숨이 언제 어떻게 될지도 모르는 가녀린 숟가락에 마음이 더 갔다. 한번 걸어 잠그면 물고 놓지 않는 족쇄 같은 자물쇠와는 도무지 정이 들지 않았다.

그러나 도시는 숟가락만으로 마음을 놓지 못한다. 대문을 열쇠로 잠그고도 모자라 창문에는 쇠창살까지 두른다. 자물쇠통은 사람의 마음까지도 걸어 잠그는지 보기에도 살벌하고, 깨진 유리 조각이 박혀 있는 담을 보면 섬뜩하기까지 했다. 학교에서 제일 먼저 돌아오던 나는 늘 혼자였다. 보기만 해도 푸근했던 창호지 문은 감옥 창살처럼 느껴졌고 텅 빈 마루에 혼자 앉으면 허전함이 몰려왔다. 어디에도 마음 둘 곳이 없었던 나는 왜 그리도 엄마가 보고 싶었는지, 온종일 엄마가 오기만을 기다렸다. 밤이 되면 볼 수 있는 엄마, 나는 그래서 아침보다 저녁이 더 좋았다. 엄마의 품이 그리웠다. 대문을 열고 들어오면 반갑게 맞아주는 엄마가 필요했다. 엄마 없는 집은 문을 여나 마나 아무런 의미가 없었다.

무엇 때문에 이사를 왔는지 모르겠지만, 그때 나는 결혼하면 엄마처럼 아이 혼자 남겨두고 돈을 벌러 나가지 않으리라 다짐했다. 엄마는 무심함 그 자체였다. 학교생활은 어떤지 친구들과는 잘 지내는지 일절 묻지 않았다. 나는 어떻게 아무것도 궁금하지 않을 수 있는지가 더 궁금했다. 엄마는 내가 아프지 않고 살아 있기만 하면 되는 걸까. 나는 숟가락에서 자물쇠처럼 바뀌어버린 엄마에게 적응하기 어려웠다. 숟가락에 익숙한 나는 철옹성 같은 쇠통이 싫었고 엄마의 가슴팍을 어떻게 열어야 할지도 몰랐다. 텅 빈 집에서 오로지 나를 기다리는 건 자물쇠통뿐이었다.

자물쇠통과 열쇠는 한몸이다. 배가 불룩한 자물쇠통 뱃속에서 눈과 다리, 꼬리가 생기다 만 올챙이가 나온 것이다. 그 어미는 자기 새끼에게만 문을 여닫고 따로 떨어져 있다가도 만나면 무장 해제된다. 저녁이 되면 열쇠는 제 어미와 나란히 눕기도 하고 품속에 들어가 잠들기도 한다. 열쇠는 자물쇠통이 배 아파 낳은 자식이다. 꿈틀거리는 몸짓만 보아도 제 자식인지 금방 알아보고 가슴을 풀어 젖힌다. 그 쇳덩이도 심장을 품으면 생명을 잉태하는 것이다.

그러나 자식을 잃으면 엄마도 살지 못하고 죽는다. 열쇠를 잃어버리면 쇠통은 무용지물이 되고 잃어버린 후에는 달리 열 방도가 없다. 절단기로 자물쇠통을 자르고 깨뜨려야 한다. 그렇지만 내 마음의 문은 열쇠로 열 수 있는 문이 아닌 자동문이었다. 홍채와 지문 인식처럼 대기만 하면 열렸다. 내 마음의 등불도 마찬가지였다. 스위치를 켰다 껐다 하는 게 아닌 엄마의 심장소리를 듣고 반응하는 센서기가 부착되었다. 온기를 감지하는 자동 방식이었다. 다만 엄마는 고장 난 지 오래되어서 작동하지 않는다는 사실조차 몰랐을 뿐이다.

나는 엄마가 고팠다. 방 하나를 환하게 밝히는 것도 작은 전구 하나이며 집 한 채를 잠그는 것도 새끼손가락보다 작은 열쇠이다. 알고 보면 무언가를 쥐락펴락하는 것은 그리 별난 일이 아니다.

내 작은 손으로 움켜쥘 수 있는 것이며 손아귀에 들어오는 무언가다. 그저 말 한마디와 웃음 한 번이면 될 터인데. 나는 엄마를 잃어버려서 이렇게 찾아 헤매는데 정작 엄마는 나를 언제든지 열 수 있는 만능 키로 생각했던 건 아닐까. 닫아본 적 없어 원래 열려 있는 문으로 말이다.

이제 나에게는 친구도 달릴 들판도 없어졌다. 나는 할 수만 있다면 내가 살았던 시골로 다시 돌아가고 싶었다. 엄마는 이사 올 때 다른 건 다 싣고 왔으면서 정작 '춘덕'이는 놓고 왔다.

망토만 걸쳐도

선생님이 반 친구들 앞에서 나를 처음 소개하던 날, 나는 그만 그 자리에서 얼어붙고 말았다. 바구미처럼 바글바글한 아이들의 숫자에도 기가 눌렸지만, 무엇보다도 공기가 달랐다. 학기 중이라서 더 그랬을까. 아이들은 모래와 시멘트를 반죽한 마냥 한 덩어리가 되어 있었다. 반 애들은 이미 단단히 굳어 붙고자 해도 붙을 수가 없었고, 나는 그 옆에 떨어진 모래알 하나에 불과했다. 외향적이고 어딜 가나 붙임성 좋은 나였지만, 그들 사이에 끼어들기는 어려웠다. 나는 외톨이처럼 운동장을 겉돌았다.

그해 겨울이 어찌나 춥던지, 우리 반에서 유일하게 망토만 걸치고 다녔던 나는 어딜 가나 튀었다. 반 친구들은 외투를 입었고, 목도리와 장갑은 물론 귀마개까지 하고 다니는 애들도 있었는데 말이다. 눈이 펑펑 내릴 때는 나도 같이 펑펑 울고 싶었고 쌀쌀맞은 바람까지도 미웠다.

커다란 삼각형 망토는 나의 날개였다. 검정 바탕에 하얀 테두리가 세 줄 들어간 단순한 무늬였다. 그리 예쁘지는 않았지만, 팔을 양쪽으로 펼치고 달리면 나름 근사했다. 내 시골 친구들 앞에서는 보자기만 둘러도 당당하던 나였다. 그런데 이곳, 도시는 무언가가 달랐다. 내 망토의 무늬가 코바늘의 짧은뜨기였다면 그나마 바람을 어지간히는 막을 수 있었으려나. 내 것은 치밀한 솔잎뜨기나 팝콘뜨기가 아닌 조개 무늬였다. 바람이 만만하게 보고 아무 때나 들락날락하는 부채꼴 모양의 꼬막뜨기였다. 뚫린 구멍과 이음새의 틈 사이로 바람이 숭숭 들어왔다. 더군다나, 끈이나 단추가 달리지 않아서 언제나 손으로 잡고 다녀야만 했다.

시골에서 나의 독수리 날개가 되어주던 내 망토는 초라하기 짝이 없었다. 영락없이 까마귀로 보였고 자꾸만 감추고 싶었다. 내 망토에 대해 말하는 사람은 아무도 없었지만, 나 스스로가 움츠러들었다. 소심한 날갯짓 몇 번 파닥파닥 하다 마는 게 고작이었다. 망토만 걸치고 시골 친구들과 활개를 치고 다녔던 나는 점차 소심하고 조용한 아이로 변해갔다. 우리 엄마에게는 내의가 최우선이었다. 산타할아버지의 산타복과 깔맞춤한 빨간 내의와 한층 더 뚱뚱해 보이는 솜내의를 내게 입혔다.

그러나 사실, 내가 추위에 떨었던 근본적인 이유는 내의도 겉옷도 아니었다. 그것은 '기운'이었다. 기를 펴고 마음껏 뽐내도록 만들어주었던 사람들의 부재가 원인이었다. 사람은 기가 꺾이면 주눅 들기 마련이고 기를 펴지 못하고 움츠러들면 더욱 추위를 타는 법이다. 하루아침에 이방인이 된 나는 외국으로 이민 온 사람처럼 주위의 모든 것이 낯설었다. 기氣란 숨 쉴 때 나오는 기운이다. 시골에서는 엄마가 없는 시간대에도 나는 외롭지 않았다. 엄마를 대신해주는 이들이 많아서였다. 대문은 항상 열려 있었고 동네 사람들과 친구들이 자리하고 있었다. 그들의 숨과 온기는 따뜻했다.

그곳은 내 세상이었다. 내가 어떤 옷을 입는지는 중요하지 않았다. 아무 말 하지 않아도 '춘덕'이란 그 자체만으로도 충분했다. 밤새 나를 응원해주던 무논의 개구리도 당산의 매미도 나를 에워쌌던 공기까지 내 기를 살려주었다. 그때는 망토만 걸쳐도 추운지 몰랐다.

도무지
알 수 없는
한 가지

　나는 오래전 한쪽 구석에 팽개쳐 놓았던 실타래를 다시 꺼내 들었다. 옷에 대해 언급했던 엄마의 말은 내 속에서 꼬였고 풀리지 않는 매듭이 된 상태였다.

　"아이, 뭔 놈의 옷을 얻어다 입힌다냐? 별소리를 다 듣겠네. 나는 아직꺼정 니그들 키울 때 옷 하나도 안 얻어다가 키웠따."

　대학시절 같은 과 친구의 옷을 가져왔을 때도 엄마는 이런 식으로 말했다. 남의 옷을 얻어다 입는 것은 짜잔한 짓이라며 당장에 다시 가져다주라고 역정을 냈다. 엄마가 나를 겨울에 외투 없이 망토만 입혀서 학교에 보냈던 일 말이다. 무언가를 할 수 있는데 안 한 것과 할 수 없어서 못 하게 된 것은 천지 차이다. 자신의 당찬 소신과도 같은 이 말을 들을 때면 매정하게까지 생각되었다. 내심 '사다 줄 돈이 없으면 얻어서라도 입히면 되는 것 아닌가?'라는 반발심마저 생겨났다.

나는 무슨 문제이건 이해가 되지 않을 때는 '생각'한다. 실타래를 붙잡고 요리조리 만지작거리다 보면 실마리가 풀리게 된다. 대부분 긍정적인 해석을 하고 얼마 지나지 않아 곧 해답을 얻곤 한다. 그런데 이 문제는 풀리기는커녕 생각하면 할수록 더 꼬여만 갔다. '엄마는 자존심이 추위보다 더 세단 말인가?' 나의 추위와 부끄러움에 대하여 자신과 무관하게 말하는 냉정함이 더 서운했다. 실의 매듭은 상상만으로는 풀 수가 없고 손으로 직접 풀어야 한다. 어떤 사람은 종종 잘라버리기도 하지만, 이럴 때 사용하는 게 바로 엄마 찬스다.

"추울 때고 뭐시고 간에 어디서 뭔 옷을 얻어 입힌다냐? 글때는 누가 월매나 뭐시 있어서 옷을 주고 말고 헌다냐? 다 이녁도 못 입고 산디 그 시상에 어디서 옷을 얻어 입히고 뭣허고 해?"

시골의 겨울은 칼바람처럼 매서웠다. 동네는 허허벌판이었고 창호지 문틈 사이로 들어오는 외풍 때문에 방 안은 냉장고 속처럼 서늘했다. 지금은 편리한 교통수단이 있고 어딜 가나 난방이 잘 되어 있지만, 그때는 옷도 멋이 아닌 추위에서 살아남기 위한 생존 수단이었다. 맞다. 우리 동네 사람들은 대부분 농사를 지었고 그중 두 집만 광업소에 다녔다. 가정 형편은 비슷했고 겨우 입에 풀칠이나 하고 살았다. 그리고 어느 집이나 자식 다섯은 기본이었다. 엄마 말대로 옷은 동생들 물려주기 바빴고 옷감도 지금처럼 좋지 않아서 그나마도 맨 끝까지 내려오기가 어려웠다.

어느 때는 기본만 생각하면 되는 걸 너무 멀리 갈 때가 있다. 나는 엄마의 이 대답만으로도 충분했다. 이해되지 않았던 부분이 바로 수긍되었고, 이렇게 쉽고도 간단하게 풀렸다. 그렇듯 실의 매듭은 풀면 풀 수 있지만, 속이 꼬인 상태는 그렇지 않다. 이상하게도 풀려고 하면 할수록 더 꼬일 때가 있다. 엄마는 나 스스로 끙끙대며 풀지 못하던 매듭을 한 번에 풀어버렸다.

말은 반 토막 난 말을 들을 때가 위험하고 지레짐작은 오히려 독이 될 수도 있다. 이해가 안 되거나 속에 꼬인 것이 있을 때는 당사자에게 물어보면 될 일이다. 대개는 이렇게 아무것도 아닌 경우가 많고 물어보기만 하면 쉽게 풀리기도 하는데 괜한 애를 먹고 속을 끓인다.

'모르쇠' 교육법

유대인의 자녀교육법과 소크라테스 산파술의 공통점은 질문을 통해 아이 스스로가 생각하고 답을 찾아내도록 하는 데에 있다. 물고기를 잡아 주는 대신 낚시하는 법을 알려주고 자기 속에 있는 것을 끄집어내는 일이다. 그런데 우리 엄마의 교육법은 '모르쇠'다. 묻는 것도 좋아하지 않을뿐더러 대답은 어차피 똑같다. "나는 모른다." 생각하는 척이라도 하면 좋으련만, 즉문즉답이다. 내가 간장 담그는 데 왜 숯을 넣어야 하는지 물을 때도 마찬가지였다. 숯의 효능과 역할에 대해 전문가 수준의 대답을 기대하지는 않았지만, 전통적으로 전해 내려오는 이야기 정도는 들을 수 있으리라 생각했다. 그러나 우리 엄마의 대답은 어떤 설명도 없이 언제나 한결같다. "넘들이 그렇게 하더라, 옛날부터 그렇게 했써야"라는 무성의한 말이다.

이 세상에는 하나를 물어보면 열을 가르쳐주는 엄마도 있고 안 물어보는데도 삼라만상을 말해주는 극성스러운 엄마도 존재할 것이다. 그런데 우리 엄마는 대답하기 귀찮거나 곤란할 때는 모른 척하기도 하고, 설령 안다고 해도 일일이 가르쳐주지도 않는다. 쓸데없이 물어보지 말라고 핀잔을 줄 때면 무안함도 감수해야 한다. 엄마의 말투는 대체로 퉁명스럽고 야단치는 듯이 들릴 때가 많다. 그래서 나도 선뜻 물어볼 엄두조차 나지 않아 웬만해서는 묻지 않는다. 대단하거나 거창하지 않은 걸 물어보는 데 무려 33년이나 걸린 답도 있다.

그런데 엄마의 모르쇠 교육법에는 장점도 있다. 나 자신이 묻고 답을 찾아가도록 한다는 점이다. 나로 하여금 스스로 '사고思考'를 하게 한다. 여러 가지 경우의 수를 다각적이고 입체적인 관점에서 바라보고 살펴보게 만든다. 만일 우리 엄마가 치밀한 계획하에 일부러 가르쳐주지 않고 스스로 알아내도록 머리를 쓴 거라면 대학의 교수님보다 더 숨은 고수님임에 틀림없다. 지혜로는 교수님보다 고수님이 한 수 위일 수도 있으니 말이다.

선생님이 가르쳐주는 것을 가만히 앉아서 듣기만 하는 것보다 자기 스스로 풀어보는 게 지름길 아니던가. 어렵게 찾은 답은 쉽게 잊히지 않고 각인되며 또한 다음 문제를 이해할 때 더 깊은 속뜻을 파악할 수 있다. 그리고 어떤 사물이나 현상에 대한 정의, 결론을 섣불리 내린 적이 없기에 사고의 폭이 넓게 열려 있다. 이건 내가 다른 사람에 비해 틀에 박힌 생각이나 고정관념이 적은 이유이기도 하다. 엄마가 직접 알려주지 않기에 외려 나의 궁금증이 더 증폭되고, 많은 답을 상상으로 대신한다. 만일 엄마가 전부 알려주고 가르쳐주었더라면 나의 상상력은 그만큼 줄어들었을 게 뻔하다. 내가 '빨강 머리 앤'이라는 별명을 갖게 된 건 순전히 우리 엄마 덕분이다.

'어쩔 뻔했을까요?'

  우리 엄마는 대단한 이야기꾼이다. 얼마나 재미있게 말하는지 듣고 있으면 나도 모르게 빠져든다. 엄마의 사투리는 찰지고 맛깔스럽다. 한번 들으면 자꾸 듣고 싶어지는 중독성이 있다고나 할까.

  엄마는 다른 건 다 잊어버리고 기억도 안 난다면서 '뱀'이란 단어만 나오면 몸서리를 친다. 엄마가 이야기를 시작하면 그 뱀은 살아 꿈틀거린다. 까마득하게 오래전 일이지만 어느 곤충학자가 말해주는 것보다 실감난다.

"니 언니들이 인자 광주서 온당께로 옥수수라도 삶아 줄라고 밭에를 갔냐안. 차근차근 끊어가다가 땅을 불블라고 왼발을 띠맸제. 근디 독새가 또개미를 틀고 앉아 가꼬 있써야. 독새가 또개미를 뚱그러니 쳐가꼬 대그빡만 쳐들고 있드랑께. 내가 그때 아조 월매나 놀래부렀는가 깡냉이 바구리를 띵게 불고 밭에서부터 집에까지 담박질로 뛰어왔당께. 그러고는 이듬해에 이사 와 부렀써야.

독새는 대그빡이 납작흐고 몸땡이가 네모지기로 쪼까 찔쭉허니 생겼따잉. 또가리를 뚱글뚱글 치고 있제. 알고, 말도 마라. 독새가 물믄 죽기만 허간디, 다리도 짤르고 발도 짤른당께. 눈으로 본 거슨 아니고 사람들한테 들어보믄 글드라.

안 건들믄 맬갑시 물던 안 허제. 아이, 어쭈고 산다냐? 물믄 독이 하누고 올라간께로 죽어불제야. 그때는 밭에다 콩이랑 퐅도 심고 깨도 갈았당께. 깡냉이허고 감자도 놓고 그랬제. 내가 거기를 뭣허러 다시 가야? 우리야도 아닌디. 전주 아짐 꺼였써. 그 양반이 광주로 이사 가분께 내가 벌었냐안. 우리 밭이 없승께 그랬제.

오메 누가 뭘 벌어먹으라고 줘야? 뭐시고 나눴제. 항시 똑같이 나놔서 묵었따. 아이, 무수와도 난중에는 그 밭에 심어 놓은 거 가질러 갔겄제야. 어쭈고 다시 캐러 갔겄제."

동네 사람들은 큰일 날 뻔했다고 야단이었던 이야기를 나는 몇

십 년이 지난 오늘에서야 듣게 되었다. 이제 무덤덤해졌을 만도 한 이야기를 마치 어제 일처럼 말한다. 어릴 적 몇 번 가본 게 전부였던 그 밭은 우리 땅이 아니었다는 것도, 그 고생을 해서 밭을 갈아도 반만 가지게 되었다는 것도. 뱀이 귀신보다 더 무섭다는 것도 처음 들었다. 뱀을 보면 작대기나 돌을 집어서 죽이겠다고 달려드는 여장부는 아닐지라도 이렇게까지 무시무시한 존재인 줄은 몰랐다. 이렇듯 처음 듣는 이야기가 대부분이고 매번 모르는 것 투성이다. 내가 물어보지 않으면 들을 수 없는 것들이다. 그에 반해 나는 참새다. 누가 묻지 않더라도 재잘거리고 미주알고주알 말하는 편이다. 그러나 우리 엄마는 말수도 적고 무엇보다도 이야기하는 걸 좋아하지 않는다. 물어본 선에서만 말한다. 그것도 단답형이며 아주 짧다.

언제나 레퍼토리가 정해져 있다. "너는 뭐하냐? 밥은 먹었냐? 네 아들은 어딨냐?"가 단골 멘트이다. 새로울 것도 없고, 재미있지도 않다. 간혹, 타이밍이 잘 맞아떨어지면 이야기를 술술 풀어내기도 하지만, 언짢거나 비위에 거슬리면 곧바로 중단되는 사태가 벌어진다. 연속적으로 이어지지 않고 예고도 없이 갑자기 끊긴다.

이 글은 엄마와 나의 합작품이다. 독사에게 '물리면' 죽지만 내 글은 '물어야' 산다. 나는 엄마를 그려내는 화가다. 나에게 영감을 주는 따옴표 안의 대사는 그녀의 인생 이야기이기 때문이다.

"엄마, 그때 뱀에 물렸으면 어쩔 뻔했을까요?"

"오메, 어설피 죽어븐거시 낫제. 다리가 썩어부러가꼬 짤라져븐
거시 낫겄냐? 썩을 놈의 소리 다 들어보겄따, 끊어라이."

이 이야기는 그렇게 끝이 났다. 나의 애로 사항은 내가 쓰는 드
라마의 주인공이 까칠하다는 점이다. 그녀의 이야기를 들을 기회
가 많지 않다는 것은 아쉽다. 아무 때나 보여주지 않는 엄마의 가
슴속은 탄광처럼 파내도 또 있는 게 아니라 금광처럼 거의 찾아볼
수 없기 때문이다. 마치 오로라를 만나는 일처럼 말이다.

사람들은 평생에 한 번 볼까 말까 한 오로라를 보기 위해 멀리
여행을 떠나지만, 막상 가더라도 아무 때나 볼 수 없고 그마저도
날씨의 변수로 인해 전적으로 운에 좌우된다고들 한다. 무엇보다
도 오로라가 아름다운 것은 역동성에 있다. 무지개는 예쁘지만,
오로라에 비해 심심해 보이는 건 핀으로 꽂아 놓은 것처럼 고정
되어 있기 때문이다. 반면에 오로라는 변화무쌍하다. 대본에 없는
빛의 향연들이 펼쳐진다. 만일 오로라가 인공적으로 만들어낸 조
명발이라면 우리는 이렇게까지 흥분할까.

나는 '엄마'라는 오로라를 보러 떠난 여행길에 있다. 엄마의 말
한마디는 나에게 영감을 주고, 가끔 명대사를 만날 때는 황홀하
다. 하늘이 도와야 볼 수 있는 오로라. 나에게는 엄마가 그렇다. 보

면 볼수록, 알면 알수록 신비로운 나의 엄마. 엄마의 가슴속에 숨어 있는 보석은 기분이 내켜야만 꺼내준다. 그래서 더 특별하고 빛이 나는 엄마의 이야기는 우스갯말로, 성령이 임해야만 들을 수 있다.

그러나 오로라가 매일 볼 수 있는 구름이라면 그 많은 시간과 돈을 들여서 머나먼 길을 나서겠는가. 아무 때나 볼 수 없기에 그렇게 사모하는 것 아니겠는가.

내	가		만	난
꿈	의		지	도

유리 슐레비츠가 쓴 『내가 만난 꿈의 지도』라는 그림책을 읽은 적이 있다. 지인이 독서 지도 수업에 필요한 나의 감상평을 듣고 싶다며 건네준 것이었다. 요약하자면 이렇다.

온 나라에 전쟁이 일어나서 그의 가족은 다른 나라로 피난을 떠났다. 진흙과 지푸라기와 낙타 똥으로 지은 집들이 늘어서 있었고 그의 가족은 손바닥만 한 방에서 낯선 부부와 함께 살았다. 잠은 흙바닥에서 잤고 무엇보다 먹을 음식이 부족했다. 그러던 어느 날, 장에 갔던 아빠는 빵 대신 지도를 사 왔다. 그 돈으로는 손톱만 한 빵밖에 못 사 그걸 먹어도 배고프긴 마찬가지일 듯해서 그랬다는 것이었다. 그는 화가 나서 아빠를 절대 용서하고 싶지 않았고 허기진 채로 잠을 자러 갔다.

다음 날, 아빠는 지도를 벽에 걸었고 칙칙하던 방이 알록달록한 색으로 환해졌다. 그는 금세 지도에 홀딱 반했다. 여기저기 낱낱이 살피며 몇 시간이고 지도를 들여다보며 종이가 생기면 며칠이고 지도를 그렸다. 지도에 이상한 나라의 이름으로 음을 맞추며 말장난을 하고 이 말이 무슨 마법의 주문이라도 되는 양 몇 번이나 되뇌었다.

그는 방에서 한 발짝도 나가지 않았지만 멀리 갈 수 있었다. 배고픈 것도, 힘든 것도 모두 잊은 채 마법에 홀린 듯이 몇 시간을 보내었고 그는 아빠를 용서했다. 결국, 아빠가 옳았다는 것을 깨달았다.

나는 별 기대 없이 펼친 짧은 그림책을 보고 충격에 휩싸였다. 상상으로 지어낸 게 아니라 어린 시절의 실제 이야기였다는 사실에 한 번 더 놀랐다. 피난의 상황에서 빵 대신 지도를 사 오는 아빠를 가진 그가 부러웠고 그런 아빠와 함께 살았던 작가는 행운아라는 생각마저 들었다. 그런데 이 감동은 엉뚱하게도 까맣게 잊고 있었던 그 고샅으로 불똥이 튀고 말았다.

냇가에서 멱을 감다가 잃어버렸는지 닳아서 떨어졌는지 확실히 기억은 나지 않지만, 아무튼 학교에 신고 갈 신발이 없었다. 엄마는 돌아오는 장날에 사다 줄 테니 우선 다른 신을 신고 가라고 했다. 그것은 뒷굽이 닳고 낡아 빠진 엄마의 파란 슬리퍼였다. 학교에 신고 갔다가는 놀림감이 될 게 뻔한, 앞이 막히고 뒤가 뚫린 모양 빠지는 신이었다. 동네에서나 질질 끌고 다닐 법한 흙이 잔뜩 묻은 신을 신고 갈 수는 없었다. 나는 질질 울면서 새로 사 달라고 떼를 썼다. 내가 한두 번 말해도 듣지 않자 엄마의 난데없는 난타전이 시작되었다. 나의 머리통이며 팔다리 등짝을 가리지 않고 신발짝으로 짝짝 소리 나게 때렸다. 그것도 욕설을 퍼붓고 소리를 지르면서 말이다. 먼지를 털어도 그렇게 세게 치지는 않았을 터, 손바닥으로 후려갈기는 것보다 더 아팠다.

"아이고오. 나쁜 사람, 이러케나 빨리 갈람서 새끼들은 뭐 덜라고 많이도 낳아 놓고 갔능가. 나는 어터케 살라고 혼자만 가버렸능가……."

땅바닥에 주저앉아 가슴을 치며 부르던 엄마의 상여 꽃 같은 노래. 나지막하면서도 울음 섞인 곡조는 처음으로 들었던 엄마의 노래였다. 구슬프고도 처량한, 나는 그 청승맞은 소리가 듣기 싫었다. 차라리 통곡이 더 나을 듯했다. 더군다나 신발짝이 등짝에 달라붙을 정도로 불나게 맞은 나보다 나를 때렸던 엄마가 더 울었다. 그렇게 울기를 한참, 엄마는 얼빠진 사람처럼 갑자기 자리에서 일어나 무언가에 홀린 듯 휘이휘이 산 위로 올라갔다.

그 서늘했던 느낌, 나는 엄마가 무서웠다. 이제 가면 다시는 살아 돌아오지 않을 것 같은 불길한 예감. 나는 그렇게 홀연히 사라지는 엄마를 붙잡지 못했다.

이상하게도 『내가 만난 꿈의 지도』라는 그림책은 내 머릿속에 오랫동안 남아 있었고 가끔 생각이 날 때면 내 아픈 상처가 욱신거렸다. 세월의 멍 자국은 지워도 뭉친 응어리는 풀지 못하는 모양이다. 잊으려고 아무리 애를 써도 자꾸만 서운한 마음이 밀려왔다. 내가 읽은 책의 주인공은 분명 멋진 아버지인데 나는 왜 엄마한테 뒈지게 얻어맞은 날이 생각나는 것일까. 같은 장날에 얽힌 사연인데 너무 대조적이고 비교가 되었다. '나에게도 이런 멋진 아빠는 아니더라도 고상한 엄마가 있었다면 좀 더 멋지게 성장하지 않았을까?'라는 생각은 이내 자책으로 돌아왔다. 두 사람의 몫을 감당해야 했던 엄마에게 너무 많은 책임을 바랐다는 것과 과한 욕심을 부린 나 자신에게 죄책감마저 들게 했다.

보통 사람들은 전쟁과 같은 극한 상황에서 사차원 같은 생각을 하기가 어렵다. 엄마는 굶으면 죽는 줄 알았다. 그래서 우리는 한 번도 끼니를 걸러본 적이 없다. 내가 아는 우리 엄마는 분명 지도 대신 손톱만 한 빵을 사 왔을 것이다.

나는 여행지를 고를 때 익숙한 곳보다는 새로운 곳을 더 좋아한다. 아는 곳을 두 번 가는 것보다 아직 한 번도 가보지 않은 장소를 선호한다. 엄마도 내가 전부 알고 있다고 생각하는 것 중 하나였다.

이번 응모전의 주제 중 '나의 어머니'는 내가 만난 꿈의 지도였다. 이 기회가 없었다면 나는 평생 엄마의 주변만 겉돌았을 테고 진짜 속마음은 몰랐지 않았을까. 우주보다 신비한 엄마의 마음속, 나의 여행지는 '엄마'다. 세계의 명소나 관광지가 아닌 내가 태어나고 자란 나의 '엄마'라는 성지를 찾아 떠났다. 오래전 나의 유년 시절로 돌아가 당시의 엄마를 다시 만나고 화해하는 중이다. 그렇지만, 엄마를 찾아가는 길은 지도에 나와 있지 않다. 꽃과 나비도 마찬가지로 길을 가다가 우연히 발견한다. 우리는 종종 우리의 시선을 너무 멀리 두느라 정작 내 발밑에 깔린 꽃을 보지 못할 때가 많다.

우리가 찾아 헤매는 보물은 대로변이나 넓은 광장에 있지 않다.

대부분 사람의 발길이 닿지 않는 곳이나 땅속 깊숙이 파묻혀 있다.

내가 만난 꿈의 지도는 '감사'다. 어떤 상황에서도 감사의 조건을 찾아내는 것이다. 재미있고 즐거웠던 추억의 장소가 아니라 이해할 수 없고 상처가 되었던 상황을 다시 들여다보고 헤아리면서 그곳에 숨은 엄마의 생각과 마음을 알고 깨닫게 되어 감사하다. '감사'의 지도를 따라가다 보면 예전에 내가 미처 보지 못하고 지나쳤던 장면을 다시 보게 되고 꿈에도 생각 못 했던 곳으로 데려다주기 때문이다.

그러나 그 고샅에서 있었던 일은 아무리 생각해도 감사할 거리가 없었다. 감사는커녕 속만 쓰렸다. 그렇게 헛수고처럼 보여서 포기하고 덮어버리려던 순간, 반짝이는 무언가가 하나 보였다. 그 속에 숨겨진 뜻밖의 보물은 다름 아닌 나 자신이었다. 대문 밖에서 조마조마하게 가슴 졸이며 서성이던, 엄마가 돌아오지 않을까 초조하게 떨고 있던 나를 만나게 되었다. 어스름한 저녁노을과 함께 나타난 우리 엄마. 내가 친구들과 신나게 놀고 있으면 나타나서 산통을 깨고 뿔뿔이 흩어지게 했던 노을, 언제나 훼방을 놓아서 달갑지 않았던 그 노을이 엄마를 데려왔다. 매일 노을과 함께 밥을 짓던 엄마는 저녁을 굶고 있을 우리가 생각났을까. 아무 말 없이 어둑어둑한 정제로 들어가서는 가슴속에 타다 만 불씨를 꺼내 아궁이에 불을 지피고 저녁을 지었다.

엄마의 늘렁늘렁한 파란 슬리퍼가 노을빛으로 물들었고 내 살갗은 쓰라려 욱신거렸지만, 엄마가 돌아와서 편히 잠들 수 있었던 그날 밤. 나는 노을이 그렇게나 고마울 수가 없었다. 엄마를 다시 보게 되었을 때의 세상이란! 나는 그제야 비로소 숨을 쉴 수 있었다. 아프고 서러웠던 것도, 울고불고 생떼를 썼던 신발도 안중에 없었다. 엄마만 돌아온다면 모든 게 다 괜찮았다. 나는 드디어 나를 울리던 엄마가 아닌 내가 고샅에서 울렸던 엄마를 만났다. 이제야 엄마의 가슴속에 피멍이 든 노을을 볼 수 있었다.

나는 엄마를 용서했다. 엄마는 '살아 있는' 자체만으로도 충분했다. '엄마'라는 존재가 옳고 그르고를 따지기 전에, 훌륭한지 아닌지를 생각하기 전에, 그저 있기만 해도 좋고 그 자체로 소중하다는걸. 그저 우리 곁에 있어 준 것만으로도 고맙고 감격스러운 일이라는 걸 말이다.

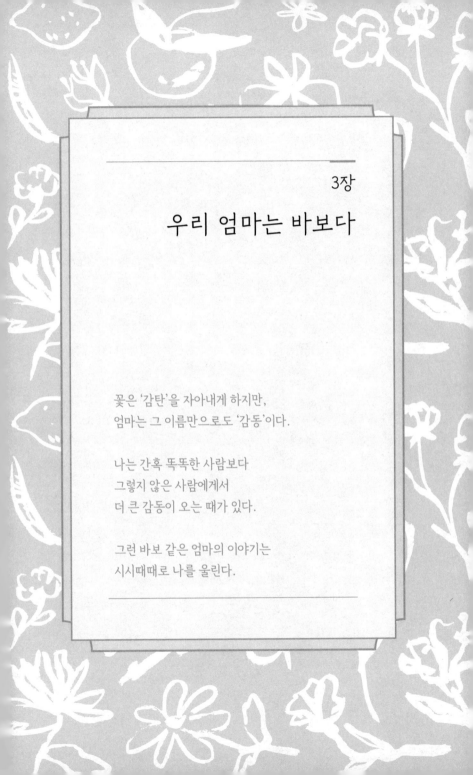

3장

우리 엄마는 바보다

꽃은 '감탄'을 자아내게 하지만,
엄마는 그 이름만으로도 '감동'이다.

나는 간혹 똑똑한 사람보다
그렇지 않은 사람에게서
더 큰 감동이 오는 때가 있다.

그런 바보 같은 엄마의 이야기는
시시때때로 나를 울린다.

엄마의
무릎

나는 엄마가 그저 그랬다. 우리 엄마가 나를 보며 웃어준 적이 있었던가? 어릴 적 같은 동네에 살던 큰엄마만 보아도 자기 자식들에게 한없이 다정했다. 큰소리로 야단치거나 눈 한번 흘겨 뜨는 것을 본 적이 없다. 언제나 애정 어린 눈빛으로 따독따독 다독였다. 그녀의 잔잔한 미소와 느린 말투는 더더욱 그래 보이게끔 했다. 그에 비해 우리 엄마는 무뚝뚝했다. 국민학교 입학식 날, 다른 친구들이 자기 엄마 아빠의 손을 잡고 올 때도 나는 마냥 부러운 눈으로 쳐다보아야만 했다. 엄마에게서 사랑한다는 말을 들어본 적도 없거니와 어떤 응원이나 위로의 말을 받아보지 못했다. 엄마는 이런 말뿐만 아니라 애정 표현도 하지 않았다. 내 머리를 쓰다듬거나 품에 안아준 적이 없다. 그래서 나는 엄마가 나를 사랑한다는 걸 알지 못했다. 시골에서 자랐던 내가 태어나서 바깥세상을 처음 봤을 때는 초등학교 4학년이었다. 그때 학교 대표로 노래 경연에 나간 것이 전부였던 나는 6학년 때 전학을 갔다.

시골에서 겨우 40분 남짓한 거리를 용달차 하나 타고 왔을 뿐인데 나는 이민 온 것처럼 어리둥절했다. 내가 살았던 곳과는 전혀 딴 세상이었고 우리 가족을 뺀 모든 것이 생경했다. 운동장의 시계탑도, 하늘의 구름도, 심지어 공기까지도 서늘하게 느껴졌다.

그래서였을까? 엄마를 따라 장에 가는 길, 그날도 우리는 아무 말 없이 걸었다. 누가 보면 모르는 사이처럼 엄마는 앞장섰고 나는 그 뒤를 졸졸 따라갔다. 다리를 건너고 있던 나는 그날따라 엄마의 손을 너무나 잡아보고 싶었다. 오늘이 아니면 영원히 잡을 수 없을 것만 같던 조바심, 나는 엄청난 용기를 내어 팔을 뻗었다. 처음으로 잡아본 엄마의 손! 엄마는 내 손을 슬며시 빼버렸다. 그때 나는 엄마가 나를 정말로 사랑하지 않는다는 것을 알았다.

아빠는 내가 다섯 살 때 돌아가셨다는데 기억에 없다. 아빠는 내 손을 잡을 수 없는 게 당연하지만, 엄마는 살아 있지 않은가. 더

군다나 그때는 손에 따로 들어야 할 짐도 없었다. 아빠의 손을 잡을 수 없는 내가 엄마의 손이라도 잡아보고 싶었던 걸 엄마는 알기나 할까. 아무리 꿈꾸어도 아버지가 살아 돌아오지 못한다는 걸 안 나는 엄마의 정이 더 그리웠는데도 말이다. 나는 어쩌면 엄마 아빠의 양손을 잡고 헹가래를 치며 발을 동동 구르는 것보다 엄마의 한쪽 손이 더 절실했는지도 모른다. 그날 이후로 나는 엄마의 손을 잡아본 적이 없다.

나는 가끔 다른 사람들로부터 "엄마가 돌아가시면 너무 그립고 후회할 것 같아서 살아 계실 때 잘해야겠다"라는 말을 듣기라도 하면 선뜻 이해되지 않았다. 엄마에 대한 애틋한 마음이 없었던 나로서는 가슴에 와닿지 않기도 했고 내게는 그런 감정이 절대로 생길 것 같지 않아서였다. 물론 엄마가 우리를 위해 엄청난 희생을 했다는 건 알고 있다. 언제고 생각해도 감사한 일이지만, 정작 엄마를 사랑한다고 말할 수 없는 불편함이 있었다.

어릴 때는 스킨십과 칭찬의 말로 표현해주어야 느낄 수 있는 사랑을 나로서는 알 도리가 없었다. 그래서 어린 시절의 엄마와는 마음의 거리가 있었고, 커서도 잔정이 들지 않았다. 엄마의 말은 그저 잔소리와 푸념으로만 들렸다.

그런데 어느 날부터인가 내 귀에 엄마의 말이 시처럼 들리기 시작했다. 불현듯 '나에게 엄마가 없다면, 나는⋯⋯' 여기까지만 생각해도 슬퍼졌다. 나는 이제야 엄마가 들려주는 바보 같은 사랑 이야기를 듣게 된 것이다.

우리 엄마는 '살아온 것'과 '말하는 것' 자체가 '시'라는 것을 모른다. 나 또한 글을 쓰면서 엄마의 말이 색다르게 다가왔다. 진즉 알았더라면 얼마나 좋았을까. 이 세상에는 '사랑한다'라는 말을 대신하는 표현들이 많다는 걸 이 나이가 되고서야 알게 되었으니 말이다. 우리 동네 여자애들 대부분 머리가 길었고, 나는 단발머리였다. 지금은 다양한 머리 모양과 이쁜 머리핀으로도 온갖 멋을 내지만, 그때는 단순했다. 우리 동네에 미용실이 따로 있던 것은 아니어서 솜씨 좋은 동네 아재가 아이들의 머리를 전부 돈 받고 손질해주었고, 우리 엄마만 딸 다섯을 직접 했단다. 우리 엄마는 가위로 해도 그 아재가 바리깡으로 한 것보다 더 예쁘게 잘랐다.

머리를 쓰다듬어주는 대신 머리카락을 다듬어줄 때 내 눈썹 위와 귀밑으로 우리 엄마의 집게 손이 몇 번이나 왔다 갔다 했겠는가. 내 얼굴에 얼마나 많은 엄마의 눈길이 머무르고 따뜻한 손길이 닿았겠는가. 엄마는 내 손을 잡아주진 않았지만, 더러운 머릿니를 잡아준 것도 '사랑'이었고 '맨손으로 누런 코를 닦아준 것', 이 또한 '사랑한다는 말'이었다. 다른 엄마들의 직접적인 사랑의 표현과는 조금 달랐던 에두른 사랑 표현이었다고나 할까. 어쩌면 사람들은 더러워서 생각하기조차 싫은 머릿니 하나를 가지고 이렇게나 많은 지면을 차지해가면서 쓰는지 의아해할지도 모르겠다.

　엄마가 머릿니를 잡아주었던 그때 내색하지는 않았지만, 속으로는 정말 좋았다. 엄마를 독차지할 수 있는 유일한 시간이었고 그만큼 오랫동안 머무르고 싶었던 엄마의 무릎이었다. 엄마의 비어 있는 공간을 모두 덮어주고 메꾸어줄 만큼 크다.

　이렇게 무릎은 가장 사랑하는 사람을 누이는 곳이다. 세계의 어느 나라도 인사로 악수와 포옹 대신 무릎에 앉히지 않는다. 얼마든지 손잡을 수 있고 가슴을 내어줄 수 있지만, 무릎만큼은 아무에게나 내어주지 않는다. 그만큼 무릎은 특별한 곳이다. 내가 태어나고 자란 곳. 가슴과 손이 맞닿게 하는 곳이며 눈이 머무는 곳이기 때문이다. 그래서 엄마가 머릿니를 잡아줄 때는 대부분 비가 내리는 날이었지만, 언제나 떠오르는 장면은 햇살이 쏟아지는 오후다. 엄마의 무릎은 그만큼 따뜻했다. 엄마의 살냄새와 온기를 온전히 느낄 수 있었던 때였다.

　기억이란 이런 것이다. 눈을 감으면 언제나 엄마 무릎 위에는 내가 누워 있다. 엄마의 까만 두 눈에서 별빛이 쏟아지던 엄마의 무릎은 손보다, 가슴보다, 그 어느 오후 햇살보다 따사로웠다. 엄마는 그날 다리 위에서 내 손을 빼버렸던 건 기억에도 없단다. 우리를 먹여 살리느라 언제 손잡고 말고 할 새가 없었다고 한다. 그러나 이제는 굳이 엄마의 손을 잡아보지 않아도, '사랑한다'라는 말을 하지 않아도 엄마가 나를 얼마나 사랑하는지 안다. 엄마가 아빠를 얼마나 사랑했는지, 지금도 여전히 얼마나 사무치게 그리워하는지도 알고 있다.

"나는 부부간에 손잡고 가는 것은 한나도 안 부러웠는디 어디 가다가 아버지가 애기들 손잡고 가는 것은 그냥 못 지나치고 항상 뒤를 돌아봤따. 아버지 없이 크는 애들이 얼마나 짠하냐."

그렇게 나는 알게 되었다. 나보다 엄마가 더 가슴 아파했었다는 사실을. 엄마는 입학식 때도, 그 다리 위에서도 분명 아버지가 아이의 손을 잡고 가는 모습을 넋 놓고 바라보느라 그랬으리라는 것을……

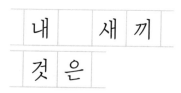
내 새끼
것은

나에게는 엄마의 무릎을 베고 누울 수 있게 만들어준 이가 있었다. 내 머릿니였다. 나와는 '뚱니'라는 애칭을 붙여줄 정도로 각별했다. 지금 출몰한다면 간첩이 나타난 듯 온 동네가 시끄러워지고 나라가 들썩들썩할 일이겠지만, 그때는 그냥 가족과도 같았다.

머릿니는 얼마나 빨빨거리고 잘 돌아다니는지 산에 숨어 사는 빨치산과도 같았다. 아마도 직접 목격한다면 혀를 내두르지 않을까. 너무 뚱뚱해서 허리라고는 찾아볼 수 없는 몸매를 지녔지만, 날개가 필요 없을 만큼 날랬다. 신은 필요 없는 것은 굳이 덧붙이지 않는다는 것을 보여준 예시가 바로 그것이다. 사람들은 피를 빨아먹는 흡혈귀라고도 부를 수 있겠으나 나는 생활력이 강하고 부지런하다고 말해줄 테다. 그동안 미운 정 고운 정이 다 들었지만, 그 무엇보다도 나를 엄마의 무릎에 누울 수 있게 해준 고마운 존재이기에.

엄마는 비가 오는 날이면 순경이 되어 내 머릿속을 샅샅이 뒤졌다. 여기저기에 숨어다니는 뚱니를 찾아 수색작전을 펼친다. 불시에 검문하고 발견 즉시 생포하는 전략이다. 다년간의 경험으로 집게손만 있으면 수갑 없이도 그리 어렵지 않게 검거할 수 있다. 그렇지만 뚱니도 우리 엄마 못지않게 똑똑하다. 죽을 때까지도 똑똑 소리를 낸다. 까 놓은 새끼들을 잃어버리지 않도록 줄에 단단히 꿰어놓는다. 서캐는 생긴 모양이 마치 잘 여문 깨처럼 말갛고 허옇다. 안 씻어도 깨끗하게 보여서 좋고, 어차피 따로 씻길 필요조차 없다. 내가 머리를 감으면 자연적으로 목욕까지 하니 평생을 놀고먹기만 하면 된다. 익사하거나 물에 떠내려가는 걸 대비해 매달아 놓은 것만 봐도 아주 지혜롭다.

뚱니는 모성애가 강하다. 새끼들이 위험해지면 교란작전을 펼친다. 시선을 분산시키고 시간을 끌어서 바쁜 우리 엄마를 지치게 하는 전술이다. 난데없는 대낮의 추격전이 벌어진다. 그러나 아무리 홍길동처럼 동에 번쩍 서에 번쩍하고 새끼들을 꽁꽁 숨겨 두어도 우리 엄마의 레이더망과 집게손을 피할 장사는 없었다. 엄마는 사살하지 않고 무조건 포획한다. 다음에 일일이 생사를 확인할 필요도 없거니와 헷갈리지 않기 위함이다. 싸움에서 승자는 언제나 우리 엄마였다. 잡았다 하면 절대로 놓치는 법이 없다. 수풀 속을 헤치며 알밤을 줍는 것처럼 엄마는 언제나 "오메 오메 요것 좀 봐라잉" 하면서 오져라 했다.

그러나 고통은 온전히 나의 몫이었다. 엄마는 목표물을 놓칠까 봐 그랬는지 아주 세게 잡아당겼다. 간혹 생머리카락이 뽑힐 때도 있었는데 그때는 눈꼬리가 비명을 따라 올라갈 만큼 아팠다.

우리 동네 서당골 미순이의 자랑거리는 긴 머리였다. 굵고 까만 데다가 숱까지 많은 머리칼을 허리까지 길게 늘어뜨리고 다녔다. 아침마다 달라지는 머리 모양을 보는 일은 쏠쏠한 재미였다. 그애 엄마는 말총머리, 어느 땐 새끼를 꼰 듯한 양갈래, 별의별 머리를 다 해주었다. 그러나 농사일하느라 바쁜 우리 엄마는 자주 손질해야 하는 번거로움과 고난도의 기술까지 요하는 커트 머리는 피하고 긴 머리의 단점을 보완하는 단발머리를 고수했다. 내 머리가 단발이었기에 망정이지 미순이처럼 멋 내려고 길렀다면 비명으로 낭자했으리라. 잘하면 득음해서 명창이 될 수도 있었겠지만,

소리도 못 지른 것은 엄마에게 조금이라도 더 붙어 있고 싶어서였다는 걸 엄마는 몰랐을 것이다.

　같은 동네에 사는 큰엄마는 우리 식구 중 나를 가장 예뻐했다. 내 이름을 부를 때는 목소리가 한층 더 부드러웠다. 큰엄마는 자기 자식들에게 한없이 다정했고 표현도 잘했다. 나는 아마도 그런 모습이 보기 좋아서 큰집에 더 자주 놀러 갔던 듯하다.

　그런데 내가 큰엄마를 다시 보게 된 일이 있었다. 내가 여태껏 생각하지 못했던 새로운 면모를 보게 된 것이다. 우리 엄마보다 성질도 더 좋고 느긋하게 보였던 큰엄마는 내가 생각했던 것과는 딴판이었다. 큰엄마가 막내딸, 그러니까 내 사촌동생의 머리에 '피디피'라는 파리약을 살포한 것이다. 공중에 분사해도 독한 것을 어린아이 살갗에다 말이다. 얼마나 잔뜩 뿌렸던지 머릿결은 동백기름을 바른 것처럼 번들번들했다. 냄새는 수건을 싸매고 있어도 방 안에 진동하고 코를 킁킁대지 않아도 파리가 기절할 정도였다.

　아마도 빨리 없애주고 싶은 마음이 있었던 반면에 일일이 잡기 귀찮아서도 그러지 않았을까. 내가 같은 상황에 처했다면 나는 큰엄마처럼 독하게도 못하겠지만 우리 엄마처럼 손으로 직접 잡을 자신도 없다. 아마도 비닐장갑을 끼거나 약을 사다가 처리하는 방안을 모색하지 않았을까 싶다. 그런데 이렇게 한 명의 머리도 건

사하기 힘든 걸 우리 엄마는 딸 다섯 명을 전부 무릎에 눕혀 놓고 일일이 머릿니를 잡아주었다.

내 귀에 시처럼 들렸던 우리 엄마의 말이다.

"옛날에는 이가 벨라도 쎄았써. 시방은 농약 밥을 먹웅께 써까리가 없는디, 그때는 참말로 끓었제. 니그 할머니도 이가 드글드글 했당께. 늙어가꼬 그랬능가. 그런디도 니그 할머니는 아부지한테 이가 많다고 난리다. 아이, 그런디 생각을 해봐라. 니그 아부지가 나랑 산디 뭔 이가 있겄냐? 할매 것은 더러워도 니그 것은 깨끗하제. 내 새끼 것인디 뭐시 더럽다냐?"

우리 엄마는 바보다 1

옛날에는 골르고 자시고 할 것도 없이 시집을 보내믄 가는 것이었제. 간다고 해서 가고, 안 간다고 해서 안 가는 것이 아니여. 코가 어디에 붙었는지도 몰르고 나빠닥도 안 보고도 그냥 갔당께. 난중에 니 아버지 말 들어본께 선을 그렇게나 많이 봤드만. 근디 내 얼굴은 한 번도 안 봤는디 그냥 한다고 한 거여. 혼례 올린 날 그때 첨 봤제.

내가 시집을 왔는디, 니그 아버지가 군대도 안 가고 있드랑께. 니그 할머니가 아버지를 호적에다 5살이나 늦게 올려놔 가꼬는 그런 거였제. 징허니도 똑똑한 할매가 왜 그랬는지 모르겠다. 니 큰언니 임신해놓고 군엘 가버린께로 할머니랑 큰집에서 함께 살 았제. 니 큰어매가 한 해에 한 지붕 아래서 애를 같이 낳으믄 한나 가 친다고 하는 거여. 빈방 얻을라고 온 동네를 씰고 돌아다녔는 디도 어디가 있어야 말이제. 어쩔 수 없시 같은 집에서 니 큰어매 는 섣달에 낳고 나는 그믐에 낳았냐안.

근디 홍역이 와가꼬 니 큰어매 애기가 크다가 잘못되어 부러가 꼬 죽어부렀다. 살았으믄 니 큰언니하고 나이가 똑같제. 내가 뭐 시 이뺐을라디야. 표시를 다 허제. 난중에는 내가 따로 나와 살았 는디도 날마디 가서 일을 해줬써야. 그래야 되는 줄 알았승께. 그 렁께로 내가 니 큰언니를 통 못 데꼬갔따. 눈치가 보여서 말이여. 애기를 보믄 니 큰엄마 속상헐깨미 그랬제. 무담시 내 탓 같아서 죄진 거 맹기로 말이여.

니 아부지는 군대 가불고 없고, 큰집에 일해주러 갈 때 빈방에 다가 그 째깐한 것만 혼자 놔두고 밥 한 댕이하고 요강을 놔뒀다. 애기 나가 불깨미 밖에서 문고리에 숟꾸락 하나를 꽂아 놓고 갔 제. 날이 따땃허믄 온 동네 애들이 우리 집 마당으로 한나 몰려와 서 뛰고 야단이었따. 날마다 웃고 떠들고 난리굿이였제. 그때는 대문이 없었승께.

내가 해름참에 일 끝나고 돌아와 보믄 애기가 방문에다 구멍을 보름달 맹기로 땔싹 크게 뚫어 놨써야. 손꾸락에 침을 잔뜩 무쳐 가꼬 넙떡헌 달덩이같이 창호지를 뜯어 놓고는 워째서 요로고 했냐고 물어보믄 애들이 와서 한 거라 그래야. 문을 잠가분께 못 나가고 바깥을 내다 보니라고 그랬는디 뭐라 게야. 그 말을 듣는디 어찌나 애리고 쓰리던지 내 가슴이 찢어져부러야. 애기가 얼마나 나가고 싶었겄냐.

뭐가 젤로 힘들었냐고야? 니그 아부지 죽고 보상금이 나왔냐 안. 돈이 없어질께미 광주에 집 한 채하고 오도미 있는 디다가 논 열 마지기를 샀제. 근디 그날부터 니 큰아부지가 집하고 논문서의 명의를 자기 이름으로 하라고 난리도 아니었당께. 글다가 그거시 맘대로 안 된께 자기 새끼 춘열이하고 춘식이 둘 중에서 아무나 양자로 시우라고 말이여. 내가 밭에서 일하고 있으믄 하루에도 사람을 세 놈이나 보내가꼬 꼬드겼따. 내야도 많은디 내가 뭔 지랄 헌다고 양자를 얻겄냐?

우리 동네에서 가시내들은 전부 다 중학교도 못 나왔냐안. 머시매만 있는 용산 양반도 애들을 중학교만 갈치고 그 해에 첨으로 길례하고 니 언니만 고등학교를 갔냐안. 아이, 그 시골에서 나만 고등학교를 다 보냈써야. 셋만 되았써도 대학을 다 보냈을 것인디 아래로 줄줄줄 따라 나온께 고곳이 한이여. 니 큰아부지가 지 새끼들은 전부 대학을 보냄서 내 새끼들은 중학교만 갈치고 공장 보내라고 하드랑께. 니 둘째언니가 얼마나 대학 보내달라고 난리였냐안. 근디 지금은 자기만 갈라고 힘을 썼으면 갔을 것인께 그런 생각하지 말라고 글드라.

근디 니 큰어매가 더 응큼허다. 뭐시고 뒤에서 쏘삭거려 가지고 요리조리 했당께. 내가 10년이 넘또록 한 주도 안 빼고 큰집에 가서 일을 월매나 많이 했능가 모르겄다. 큰어매 따라 댕김서 모심으믄 모심꼬, 보리 갈믄 보리 갈고, 나락 비믄 나락 비고 그랬제. 그런디도 삐런 고추 한 주먹을 갖따 묵어보라고 안 허고 마늘을 고렇게나 많이 심어가꼬 다 캐도 한 줌을 안 주드라.

나는 여태까정 니 할매 살아 있어도 내 새끼들을 큰집에다가 안 몰아 부치고 살았써. 앙꼬사태 뽕대기에 사는 정미 할머니한테 맡겼제. 우리 짠하다고 와서 니그들하고 자고 밥해주고 그랬따. 세상에나 그리 좋으신 분한테 내가 잘못했당께. 고기라도 사다 디리고 쉐타라도 사다 디릴 것인디, 한 번을 못 헌 것이 아직도 마음에 걸려야. 큰집은 갈 때마다 갈비 사고 술이랑 과일 사 가꼬 가고 그랬는디 말이여.

이사 오는 날 나무 해놓은 것을 큰집에다 리어카로 한나 실어다 줬써. 뭔 청승이 났능가 모르것따. 니그들 봐준 할매 집 허청에다 때게 놔두믄 될 것인디 말이여. 그동안 아까워서 안땠제. 아버지

초상 치루라고 광업소에서 장작 갖다준 거여. 모드락불 때라고 추럭에다 한나 실어 왔제. 그때는 추와서 마당에다가도 불을 피운께로. 10년 동안 안 때고 애끼고 애꼈던 것을 말이여. 시방 생각해보믄 내가 그렇게나 미련했다. 공일마다 가서 일을 해줬승께. 니그들 시집갈 때 아버지 없어서 손 못 잡고 들어갈깨비 큰아부지 손 잡고 들어가게 할라고 그랬제.

근디 세상이 좋아져분께 아버지 손도 안 잡고 식장에 둘이서도 잘만 들어간디 말이여. 이렇게 될지 모르고 내가 일을 한사코 더 댕겼써야. 그나저나 큰언니가 예식장에 들어갈 때 손을 잡았는가 안 잡았는가 모르겄구만. 이번에 싹 모트문 한번 물어봐야 쓰겄따.

아야, 혼례식 사진이 딱 한 장 있었는디 이사 댕길 때 어디로 갔는지 아무리 찾아도 안 뷔어야. 니 아버지 영정사진을 이때까지 농 속에다 처박아 놨드랑께. 그동안 얼마나 까깝했것냐. 진작에 밖에다 빼놀 것을 말이여. 이 좋은 시상 훤헌 디서 훨훨 날아다니게 놔둘 것인디…….

우리 엄마는
바보다 2

　나는 엄마의 이야기를 들으면 들을수록 웃음이 나온다. 재미있어서가 아니라 소설에나 나올 법한 말도 안 되는 이야기이기 때문에. '내 새끼 것은'이란 제목으로 수필 한 편을 쓰고, 엄마의 말을 시로 적었다.

　그런데 글을 발표하고 듣게 된 말은 예상 밖이었다. 어느 고등학교 선생님이 말하기를, "이 엄마는 배우지 않아서 아무것도 모르는 사람이네요. 그래서 이런 말을 한 거죠. 글도 모르고 신문도 읽어본 적이 없는 멍청한 사람이에요."

나는 이 말을 듣는 순간 눈물이 핑 돌았다. 맞다. 우리 엄마는 바보다. 여태 살아오면서 다른 사람들하고 싸움 한 번을 안 해봤다고 말하는 바보가 이 세상천지에 어디 있을까. 우리 엄마는 상식적으로 생각했을 때 이해할 수도 없거니와 미련스러우리만치 바보스럽다.

큰엄마가 마음 상할까 봐 자기 자식을 방에다 가둬 두고 나가는 거며, 예식장에서 큰아버지 손 못 잡고 들어갈까 봐 10년이 넘게 큰집에 일해주러 다녔던 것 말고도 말을 하자면 한둘이 아니다. 사람들은 내가 엄마를 닮았다고들 한다.

내가 살아온 이야기를 아는 사람들은 "그게 진짜야? 도무지 믿어지지 않아. 요즘에도 그런 여자가 있어? 조선시대에나 있을 법한 여인 같다니까. 꼭 지어낸 이야기 같아"라고 한다.

그러나 사람들이 몰라서 하는 소리다. 나는 엄마와 비교하면 상대가 안 된다. 엄마보다 더 많이 배우고 아이를 키우는 조건이 훨씬 좋은데도 아들 한 명 가지고도 이렇게 힘겨워한다.

바보는 단순하다. 앞뒤를 재거나 여러 가지를 한꺼번에 생각하지 못한다. 계산할 줄 모르고 약삭빠르지 않고 손익을 따지는 것보다 도리와 본분에 충실하다. 고생길이 훤하지만, 그것을 감내하고 희생한다.

우리 엄마는 바보가 맞다. 그렇지만, 내가 하고 싶은 말은 이것이다. 우리 엄마는 우리를 버리지 않았고 혼자서 끝까지 딸 다섯을 키워냈다는 것이다. 나에게는 그 어떤 영웅보다 위대하다.

나는 우리 엄마가 좋다. 바보여서 좋다. 어쩌면 오늘의 내가 있을 수 있는 것은 이런 바보 엄마가 존재했기 때문이며 세상을 아름답게 보는 것도 바보 엄마 덕분이다. 그렇다. 우리 엄마는 바보지만 사랑에 대해서도 그러하다. 엄마는 할머니의 머릿니가 아주 더럽다고 말한다. 그런데도 정작 머리를 맞대고 잠자는 자기 남편에게는 머릿니가 없다고 단정 짓고 심지어 자기 자식의 것은 깨끗하다고 한다.

지금 생각해보면 한방에서 한 이불을 덮고 자는데 우리 엄마만 무사할 리가 있었겠는가. 그런데도 엄마는 한 번도 가렵다 말하거나 머리를 디밀지 않아서 몰랐다. 우리 엄마는 애초에 머릿니가 없는 줄 알았으니 이것만 봐도 나는 그 바보 엄마의 바보 딸이 맞다. 엄마는 연약하지만, 그 힘들었던 세월을 견뎌낼 수 있었던 것은 신이 엄마를 바보로 만들었기 때문이다. 바보만이 이 숭고하고도 위대한 일을 해낼 수 있어서다.

천사에게는 모성애가 없다. 천사는 모두에게 특별하지만, 엄마는 자기 자식에게만 그렇다. 그래서 신은 자식들을 엄마에게 맡기는 것이다.

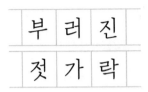

부러진
젓가락

나는 첫눈이 올 때 울었다. 살아갈 일이 막막해서 울고, 살아야 할 날이 너무 많아서 울었다. 요즘 어떻게 지내냐고 내 안부를 물어오는 전화기에 대고서 엉엉 울어버렸다. 젊고 건강한 내가 부럽다면서 덤으로 주신 인생이 감사하다는 팔십 넘은 할머니를 붙들고서 그랬다. 뇌출혈로 쓰러져서 방 안에만 누워 있었는데 다시 걷게 된 것이 꿈만 같다며 오래오래 살고 싶다는 분께 말이다.

젊은 시절, 가진 것 하나 없이 삶을 책임져야 했던 그때. 차비가 없어 걸어 다니고 밥을 굶었다는 그녀가 시장을 지날 때 부침개

냄새가 너무 슬펐다는 말이 내 가슴에 와 박힌다.

혼자가 된다는 것, 겪어보지 않은 사람은 결코 이해할 수 없다. 자신의 짝을 잃고 홀로 남겨진다는 것은 상상조차 하기 힘든 고통이다. 더군다나 사랑하는 사람과의 갑작스러운 이별이 닥쳤을 때는 말할 것도 없다. 젊은 나이에 과부가 된다는 건 나무젓가락이 반으로 부러진 것과 같다. 개수로는 둘이지만 하나만 못하다. 그러나 먹고살려면 어떻게든 음식을 집어 올려야 한다. 보통 김치나 나물류는 수월하나 콩처럼 작고 미끄러운 메추리알과 묵처럼 흐렁흐렁한 음식은 아주 사납다.

어떤 사람에게는 서커스에 가깝다. 그래서 젓가락을 처음 접한 외국인들은 겁이 나서 숟가락으로 떠버리거나 음식을 옴짝달싹 못 하도록 포크로 찍어버린다. 온전한 젓가락질을 하기 전까지는 떨어뜨리기도 하고 찢어져서 먹지 못하게 될 때도 있다.

간혹 산이나 계곡으로 놀러 가서 도시락을 먹으려고 보면 젓가락을 챙기지 않았거나 함께 간 인원수에 비해 젓가락 수가 모자란 때가 있다. 이런 경우 곧바로 주위에 있는 나뭇가지를 꺾어 젓가락 대용으로 사용한다. 이렇듯 젓가락은 짝을 잃으면 다른 제품으로 교체하면 되고 없으면 다른 대용품을 구하거나 새로 사면 된다.

그러나 우리 엄마는 다르다. 젓가락처럼 짝을 잃으면 다른 물건으로 대체할 수가 없다. 내가 가장 아끼는 사람, 이 세상에 단 하나밖에 없는 유일한 사람, 딱 그 사람이어야만 하는 소중한 사람을 잃어버렸을 때의 상실감은 그 무엇으로도 보상할 수 없다. 평생 아쉬움과 그리움에 사무칠 것이다. 꼴 보기 싫고 지긋지긋해서 헤어진 사람이 아닌 매일 눈물 나게 보고 싶은 남편을 잃어버린 엄마는 부러진 젓가락의 모습을 하고 있었다.

"나도 옛날에는 요로고 안 생겼다. 아부지한테는 조단조단 이야기도 잘했써야. 근디 살다 보니 살기가 요상해져서 그런다. 서방이 죽어 부렀는디 뭔 재미가 있겄냐? 혼자 산 세상은 사는 것이 아니여."

여 자 로 서 는

얼마 전, 팜파티에서 한 요리사를 만났다. 농장 주인과 담소를 나누느라 밤을 지새웠다는 그녀는 뭐가 그리 좋은지 연신 생글생글 웃었다. 까무잡잡한 피부인데도 얼굴은 밝고 화사했다. 우리는 단 3분 만에 친해졌고 통통 튀는 그녀의 이야기 속으로 빠져들었다. 50대 중반이라는 나이가 믿기지 않을 정도로 이팔청춘이었다. 소프라노처럼 한 옥타브 높은 목소리로 들려주는 사랑 이야기는 연두처럼 싱그러웠고 핑크처럼 사랑스러웠다.

"언니, 이 세상에서 뭐가 제일 재밌는 줄 알아? 그건 연애하는 거야. 행복하잖아. 여자는 사랑하면서 살아야 해. 물론 가슴이 아플 때도 있지만 항상 설레고 좋잖아."

그녀는 요리할 때도 즐겁고 행복하단다. 사랑에 빠진 요리사가 만든 음식은 환상적이었다. 오랜 시간 장작불로 공들여 끓인 소머리 수육은 입에서 살살 녹았고 닭볶음탕의 고기는 쫄깃하고 국물은 감탄사가 나올 정도로 구수했다. 방금 무쳐낸 오이무침은 아삭아삭 상큼하고 잘 데친 나물은 더위로 시들시들한 사람들의 입맛을 돌게 했다. 맛도 좋았지만, 장식에도 꽤나 많은 신경을 썼다. 길쭉한 그릇에 음식을 담았고 화룡점정은 깨소금. '꽃길만 걸으세요' 콘셉트인 듯 음식 위에 깨를 꽃가루처럼 뿌려 놓았다. 식탁에 차려낸 뷔페 음식들은 기름기가 좔좔 흘렀고 고소한 향이 진동했다. 보는 이로 하여금 군침을 돌게 했고 맛은 더 기가 막혔다. 요리 실력만 보더라도 분명 연애 고수가 틀림없었다.

그녀는 자유로웠다. 어디에도 매이지 않았고 언제든 홀가분하게 떠날 수 있었다. 캠핑카를 몰고 다니면서 여행도 하고 운동도 즐겼다. 자기의 이름보다 '물개'라는 별명으로 불릴 만큼 수준급인 스쿠버 다이빙, 스키와 산악자전거 등. 취미라고 하기엔 아까우리만치 선수급 실력을 갖춘 만능 스포츠인이었다. 언젠가 다시 만나면 연애에 대해 강의해주겠노라 약속한 그녀는 음식과 남자를 한꺼번에 요리하는 연애 박사였다.

대화 중에 애인으로부터 걸려 온 전화를 받는 콧소리에 애교가 철철 넘친다. 우리와 말할 때와는 다른 삶의 활력과 건강한 에너지가 느껴진다. 시간이 흘러 남녀 간의 불타오르는 사랑이 잦아들어도, 함께 있다는 이유만으로 분명 어떤 안정감을 얻는 것이다. 그녀는 자신을 방랑자라 말한다. 혼자서도 시간, 금전, 싱글의 삶을 즐길 줄 알고 자유를 만끽한다. 주위 사람들은 멋지게 사는 그녀를 부러워하기도 한다.

그러나 우리 엄마는 정반대였다. 내가 본 엄마는 평생을 매여 있었다. 딱히 취미도 없고 즐기는 방법도 몰랐다. 자기를 위해 시간을 쓰거나 무언가를 투자하지 않았다. 동생 말을 빌리자면 우리 엄마는 소처럼 일만 했다. 콧노래를 부르거나 노래를 흥얼거리며 춤추는 장면을 한 번도 보지 못했고, 입에 술 한 방울 대거나 그 흔한 관광춤 한 번 추는 일도 없었다. 우리 동네에서 잔치를 벌이거나 축제를 벌일 때도 단연 흐트러진 모습을 보여준 적이 없다.

"또 두 사람이 함께 누우면 따뜻하거니와 한 사람이면 어찌 따뜻하랴."(전 4:11) 나는 그 요리사의 말에 동감한다. 사람은 서로 사랑을 주고받을 때 가장 행복하다. 엄마는 손을 잡거나 품에 안고 잘 사람이 없어서 언제나 가슴 시렸을 것이다.

나는 외로움을 잘 타는 편이다. 그래서 엄마한테 물었다. 혼자
서 살아오는 동안 다른 사람과의 사랑을 꿈꾸거나 그리워한 적은
없었는지에 대한 것이었다.

"나는 니그들 키우고 갈치고 시집 보내느라고 정신이 한나도 없
썼따. 딴 사람은 한 번도 생각해본 적 없써야."

그 말을 듣고 있던 막내는 한마디 거들었다.

"호호호. 우리 아버지가 엄마한테 너무 잘해줘서 딴 놈이 눈에
안 들어온다니까. 아무도 양에 안 차."

막내와 나는 오랜만에 통화했다. 주제는 '만일 엄마가 젊었을 때
재혼을 했더라면?'이었다. 이야기는 어느새 딸들에게 생길 법한
좋지 않은 경우의 수로 흘러가고 있었다. 어쩔 수 없이 엄마의 처
지보다는 자식 입장이 더 앞서게 된다. 엄마가 여자로서는 짠하다
고 생각하면서도 우리를 버리지 않고 혼자서 꿋꿋이 키워낸 것이
우리에겐 행운이었다는 결론에 이르게 된다.

우리 엄마는 나에게도 단단히 일러둔다.

"연애는 무슨, 그냥 자식 보고 살아라. 멋진 놈이 문제가 아니여.
착헌 놈을 만나야제. 나빠닥만 빠듯허믄 뭣헌다냐. 얼굴만 멀쩡헌

놈들 쎄았써. 착헌 놈이라야 뭐시든이 좋제."

부부 사이가 좋았던 사람들이 재혼을 더 빨리한다는 말이 있다. 한쪽을 상실했을 때 외로움을 더 많이 느끼고 결혼생활 동안 좋았던 기억으로 인해 앞으로도 좋은 미래가 펼쳐지리라는 기대감 때문이다. 엄마가 젊었을 때 우리가 엄마도 이제 다른 사람도 만나보라고 농담을 건넨 적이 있다. 엄마는 "아이고 그런 소리 허지 마라. 영감 냄새나서 싫다"라고만 말해서 단순히 남자를 싫어하는 줄로만 알았다.

나는 우리 엄마를 도통 사랑에 관심 없고 사랑도 할 수 없는 냉랭한 사람으로 여겼었다. 평생 꽃이라고는 카네이션밖에 받아본 적이 없는 우리 엄마, 여자로서는 한없이 가엾기만 하다.

우 리 엄 마 는
애 간 장 을 담 근 다

올해로 여든다섯이 된 우리 엄마는 아직도 간장을 담근다. 간장은 원래 사 먹는 게 아니라 집에서 직접 담가 먹는 것이 진리라는 듯이. 여태껏 쌀독에 쌀은 바닥이 나도 간장이 떨어져본 적은 없다고 하신다. 상황과 여건이 힘들어지면 사 먹을 수도 있는데 절대로 포기 안 하는 엄마의 고집은 말릴 수가 없다.

우리 집 뒷마당에는 장독대가 있었다. 그곳에는 성막 안의 구별된 기구들만큼이나 애지중지하는 항아리들이 있었으니 지성소라고 불러도 되겠다. 천국 문을 지키는 문지기도 감히 우리 엄마의 항아리 뚜껑만큼은 여닫을 수 없었다. 오직 우리 집의 대제사장인 엄마만이 된장 푸는 것과 간장 떠 오는 일을 하였고 아무리 바빠도 이 심부름만큼은 시키지 않았다. 천사장이 도와준다고 해도 그 일만은 맡기지 않았을 것이다. 하얀 날개에 시커먼 간장이 튀거나 빨간 고추장이 묻으면 아뿔싸! 항아리 뚜껑을 놓칠 게 뻔할 테니까. 천사라도 용서받을 수 없는 큰 죄를 짓는 일이다.

그래서 우리는 동네 친구들과 앞마당에서 실컷 돌치기와 자치기를 하다가도 뒤쪽으로만 가면 금세 얌전한 새색시가 되어 소꿉놀이를 했다. 우리는 어렸지만, 혹여나 장독을 깨뜨리기라도 하는 날엔 지옥의 맛을 보게 됨을 알아서였을 게다

엄마는 그 항아리를 아끼는 나머지 도시로 이사 올 때도 전부 트럭에 실어 왔다. 다른 살림살이보다 항아리가 더 많은 자리를 차지하고 어디를 가나 먼저 가고 어디에나 모시고 다니니 언약궤에 가깝다. 농짝은 남에게 주어도 항아리만큼은 기어이 맡길 장소를 물색해서 찾아냈고 마침내 마당이 있는 이모 집에 두게 되었다. 그래서 된장하고 간장 담글 때가 되면 엄마는 연례행사처럼 이모 집에 들렀다. 그곳에 갈 때마다 고기며 과일 등 이것저것 바리바리 챙겨 갔다.

어느 때는 옷을 선물하면서까지 미안함을 대신했기에 돈으로 따지면 그냥 사 먹는 게 훨씬 더 이득이었을 것이다. 그렇게 매년 신세를 졌던 이모가 집을 팔고 아파트로 이사했을 때 이제는 그만하겠거니 했다. 그런데 엄마는 우리의 예상을 깨고 앞으로는 셋째 언니 집 아파트에서 담그겠다고 선포했다. 그러자면 참숯이 필요하다며 내가 가져오기만을 기다리는 엄마는 언제 오느냐고 애가 탄다. 울 엄마 마음이 숯덩이가 되어간다. 나는 시간을 내서 예전에 벽난로가 있는 집에 살 때 만들어둔 것을 챙겨 언니집에 갔다. 엄마는 숯을 보고 함박웃음을 짓더니 평생 쓸 수 있겠다고 좋아하신다. 내 손바닥에 들린 '몇 쪼가리의 숯'을 보고서 '평생'이라고 하니 갑자기 숨이 턱 막힌다.

언니 집 베란다는 이미 만석이다. 창문 밑에는 언제나 누워 있는 게으른 평상이 대자로 뻗어 있고 그 위에는 채소들이 널브러져 있었다. 수돗가 근처에는 물을 좋아하는 화초들이 비밀 이야기라도 나누듯 바짝 붙어 있고, 한번 앉으면 자리를 옮길 줄 몰라 엉덩이가 무거운 옹기들이 옹기종기 모여 있다. 자기들끼리만 있어도 복작거리고 좁은 곳에서 엄마는 절룩거리는 다리를 끌며 간장을 담근다. 엄마는 왜 이리도 간장에 집착하고 안달하는 것일까? 워낙 가난한 형편 탓에 콩이 밭에서 나는 고기라고 하니까 쇠고기는 못 먹이더라도 된장과 간장을 만들어 양껏 먹이고 싶은 마음이었을까?

우리 엄마는 학자처럼 무슨 근거로 콩을 밭에서 나는 쇠고기라고 하는지 상세하게 설명해주지 못한다. 그렇지만 부모가 자식에게 좋은 음식을 먹이고 나눠주고 싶은 모성애는 배우지 않아도 절절한 마음이다. 그래서 사랑은 지식보다 위대하다. 간장과 된장에 어떤 영양소가 들어 있는지 몰라도 우리 몸을 건강하게 한다는 것만으로 이리도 고생스러운 일을 마다하지 않으니 말이다.

논둑길에 콩을 심어 그 자잘한 것들을 키워내고 졸린 눈을 비벼가며 뉘를 고른다. 밤새 불려놓은 콩을 솥에다 넣고 행여나 탈세라 그 곁에 지켜 앉아 장작불을 지핀다. 멋대로 부는 매서운 연기에 눈물을 흘리고 푹 삶아놓은 콩을 절구통에 찧는다. 엄마 눈에 예쁜 메줏덩이를 금덩이 다루듯이 요리조리 토닥토닥 어루만진다. 오장육부에서 창자를 꺼내 새끼로 꼬아 싸맨 후 처마에 걸어둔다. 좋은 균이 나오도록 기다린다. 깨끗하게 씻어서 썩지 않도록 짜디짠 소금물에 메주를 넣고 숨을 쉬는 항아리 같은 우리 엄마. 큼큼한 냄새가 나는 것을 구수한 맛이 잘 우러나도록 띄워 놓고는 짜디짠 눈물로 애간장을 담근다.

엄마는 생수를 마시고 잘 말려 놓은 페트병에 간장을 담아 주면서 이번에는 조금만 가져가라고 했다. 그동안 들어본 적 없는 생소한 이 말은 아주 이상하게 들렸다. 나는 속으로 간장이 부족한 가 보다 하고 조금만 달라고 했다. 엄마는 내 대답이 끝나자마자 음식에다가 묵은 간장을 넣으면 시커메져서 안 예쁘니까 조금만 가져가고 새로 담근 간장이 맛있어지면 맑은 것을 많이 가져가라 고 했다.

마트의 간장과 비교해보면 산 것은 액체이고 엄마의 것은 진득 진득해서 마치 벼루에 갈아 놓은 먹물처럼 까맣다. 붓으로 찍어 화선지에 떨어뜨리면 엄마의 애타는 가슴이 닿아서 붉은 작약꽃 들이 피어나리만큼 진하기만 하다. 사실 조선간장은 짜서 그리 많 은 양이 필요치 않다. 그런데 벌써 두 개의 항아리로 그득그득 넘 실넘실이다. 국이나 나물을 무칠 때 겨우 한 숟갈이나 반 정도를 넣을까 말까 한데 말이다.

이런 사소한 부분까지 마음 쓰고 양념에 불과한 간장까지도 예 쁜 걸 주고 싶어 하는 엄마 마음을 나는 언제쯤이나 다 알 수 있을 까? 하늘의 무수한 별들을 헤아릴 수 없는 것처럼 나는 아마도 평 생을 살아도 모르리라.

자식들의 나이가 모두 오십이 넘었는데도 엄마는 아직도 자식 걱정에 애간장이 녹는다. 우리 엄마 속을 엑스레이로 찍어 본다면 가슴 한쪽은 온통 간장처럼 시커멓지 않을까 싶다. 엄마는 내게 말한다. 너는 우현이라도 있는데 막내는 새끼도 없고 서방도 없고, 가진 것이 별로 없어서 생각만 해도 짠하고 불쌍하다며 땅이 꺼진다. 아무것도 넣지 않는다면 아무 의미가 없는 투박한 항아리, 엄마도 손으로 빚은 질그릇처럼 연약하고 깨어지기 쉬운 항아리임에도 불구덩이 속에 뛰어든 것이다.

　잿물을 뒤집어쓰고 우리를 위해서 화려한 그림이나 글씨가 적힌 도자기가 되기를 포기하고 기꺼이 항아리가 되어준 우리 엄마는 자식들을 가슴에 품고 숨 쉬는 항아리다. 과학적으로 설명하기 어려운 '엄마'라는 이름, 엄마의 강인함과 희생을 어떻게 설명할 수 있을까? 엄마라는 가장 신비하고도 경이로운 그 이름을.

| 한 | 숨 |

나는 누군가 써 놓은 글을 보게 되었다. 그 내용을 요약하면 이러하다.

'옹기는 신비한 생명의 그릇이다. 옹기 벽에 생긴 구멍을 통해 산소가 통과하기 때문이다. 수많은 기공을 가진 옹기에 빗물이 스며들지 않는 이유는 옹기의 기공 크기보다 물의 크기가 2천 배 크기 때문에 옹기 안으로 들어갈 수 없다. 그러나 산소의 크기는 기공보다 작아서 자유롭게 드나들 수 있다. 액체는 통과하지 못하고

선별적인 기체만 들어간다.'

'일반적인 숨의 두 배가량의 길고 깊은 숨이 한숨이며 감정을
포함하고 있다. 한숨을 쉬는 것이 폐를 다시 뚫리게 하는 유일한
방법이며 한숨을 쉬지 않으면 폐는 시시각각 망가져가는 것이다.
보통 숨의 두 배인 한숨을 쉬는 것은 우리의 폐와 기능 보존을 돕
는다.'

엄마가 젊어서 혼자되어 농사와 궂은일을 다 해가며 딸 다섯을
키우는 동안 겪어야만 했던 몸과 마음의 고생은 가히 상상하기
도 어렵다. 아마도 엄마의 애간장이 다 녹아서 없어졌을 게 뻔하
다. 사람에게 한숨이 없다면 어찌 그 세월을 견딜 수 있었으랴. 그
런데 한숨이 필요하단 나의 말에 엄마는 화들짝 놀라며 "뭐드게
한숨을 쉰다냐? 동네 사람들 있는 디서 나는 한 번도 그런 짜잔한
짓거리는 안 해봤구만. 그렇께 내가 놉을 얻으믄 일할 사람들이
논빼미로 한나였당께. 다른 사람들은 놉을 못 얻고 쩔쩔맬 때도
우리 집 일만 한다고 하믄 온 동네 사람들이 다 와서 해줬제. 모심
고 나락 비어서 매가꼬 타작하고 굿지랄을 할 때도 나는 암시랑토
안 했따"라고 한다.

샘 옆에 사는 민자 어매가 "성님은 새참 가꼬 놉을 휘어잡았다"

라고 할 만큼 음식 솜씨가 좋아서 일하러 온 것인데, 한숨을 쉬지 않았기 때문이라 생각하고 그마저도 하지 않았다고. 이 말을 듣게 된 내 가슴이 먹먹해진다. 사람이 힘들고 괴로우면 한숨이라도 쉬어야 숨통이 트여서 살 텐데 엄마는 그 한숨마저도 못 쉬고 살았다니 너무나 가엾다. 한숨이란 작은 걱정거리에서부터 어떻게 해결할 방도가 생기지 않는 큰일까지 앞이 캄캄하고 암담할 때 새어 나오는 숨이다. 그런데 옹기는 원래 숨구멍이 없고 꽉 막혀 있는 거란다. 옹기에 금이 가거나 구멍이 있으면 빗물이 새어 들어와서 절대로 안 된다고 한다. 이렇게 믿고 살아온 엄마의 가슴은 결국 할 일을 마치고 금이 가버렸다.

이제는 그 틈새라도 마음껏 한숨을 몰아쉬게끔 숨통을 트이려고 그랬을까. 치매 초기인 엄마는 방금 한 말도 잊어버리고 한숨을 쉬고 있다는 것조차 모르니, 차라리 한숨을 마음껏 쉴 수 있는 지금이 더 나을까. 엄마의 한숨은 애간장이 녹는 소리다. 탄식에 가까운 깊은 한숨을 참으면 애간장이 된다. 엄마는 간장이 새어 나가버릴까 봐 한숨 한번 못 쉬고 눈물만 흘렸을까? 엄마의 짜디짠 눈물은 안에서 밖으로 빠져나가지 못해 씨간장이 되었고, 그 눈물의 결정체는 다이아몬드같이 빛나는 보석이 되었다. 한숨은 좋은 거니 맘 편하게 쉬어도 된다고 말하는 나를 보고 엄마는 큰일 날 소리 하지 말라고 한다.

"참말로 기가 맥히는 소리를 다 들어보겠네. 한숨 쉬는 것은 제일로 망할 놈의 버릇이여. 그러믄 못 쓴당께. 자식들한테 안 좋은 것인께 절대로 허지 마라. 나는 느그 아부지 죽었어도 한숨 한번 안 쉬어봤따. 글고 절대로 애들한테 물짠 소리는 허지 마라. 니 아들 우현이 좋을라믄 너는 그런 짓거리 하면 못써야. 긍께 늘 이쁜 소리로 달게야 쓴다"라며 신신당부한다.

나는 엄마가 자식들한테 안 좋을까 봐 한숨 한번 못 쉬고 살아서 이런 몹쓸 병에 걸리지 않았을까 하는 생각이 든다.

얼마 전 내가 글을 쓰고 있다고 대답했을 때 엄청 좋아하시면서 "참말로 장하다. 내 딸. 우현이 애비도 그렇게 생겨부렀는디도 암말도 안 하고 혼자서 씩씩하게 잘 사는 것 좀 봐라. 생각헐수록 대견허고 기특허다"라고 말해준 것도 그래서였나 보다.

엄마는 자식들 걱정에 오늘도 애가 탄다. 혼자 사는 막냇동생 걱정에 땅이 꺼지도록 한숨을 쉬신다. 하루에도 몇 번씩 전화해서는 요즘 막내한테 무슨 일이 있는 건 아닌지 연락해서 물어보든가, 셋째언니한테 살짝 떠봐서 말 좀 해달라고 한다. 엄마가 걱정을 많이 하면 증상이 심해지기에 우리가 알고도 무조건 모른다고 거짓말한다는 걸 엄마는 모른다.

"나는 막내가 걸려 죽겠따. 너는 쌀이라도 있어서 밥도 잊어 불고 묵고 똑똑한 아들도 하나 있고 헌디 고것은 점점 늙어 가겄냐안. 어쭈고 혼자 살겄냐. 째깐해서부터 아부지 한 번을 못 불러 보고 얼마나 짠흐냐안. 세상에 태어나서 새끼 하나도 없어가꼬 집에 들어가문 말할 사람도 없고 얼마나 불쌍허냐. 긍께 어디 좋은 놈 있는가 좀 알아봐라."

휴일에도 우현이 학교 갔냐고 골백번을 물어보는 우리 엄마. 고추장에는 소주 넣는 걸 깜박해서 곰팡이가 허옇게 슬었는데도 가져가 맛있게 먹으라고 싸 주는 엄마의 한숨이 나를 부른다.

"아야, 너는 언제 오냐? 엄마가 심심하다."

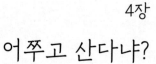

4장

어쭈고 산다냐?

내 귀에 시처럼 들리는
엄마의 말은
내 가슴을 퉁 치고
기습적으로 다가와 꽂힌다.

고되고 억척스러웠던
자신의 삶 속에서
머리가 아닌 몸으로 체득한
시 한 구절 같은
엄마의 이야기를 듣는다.

어쭈고
산다냐?

물이 담가져야 모를 심제. 어디 빼짝 몰라진 땅에다가 모를 꽂는다냐? 논에다가 물을 대야 흙이 몰랑몰랑해져서 모를 심제. 논에 물 안 빠지게 헐라믄 물 내래간 디를 논보다 더 높게 해놔야써. 그렁께 위에서부터 차근차근 물을 대는 거여. 근디 물 없을 때게는 지 논만 받고 넘에 논에다가 물을 안 터준께 그거 가꼬 간혹 가다가 싸우는 사람도 있었제.

모를 심어야 헌디 땅이 깡깡헌께 소가 먼저 흙을 끄집어야제. 쟁기질을 헌 다음에 써래질을 해야써. 고것이 어쭈고 생겠냐믄 옆으로 길게 짤뚜막 한 발이 있써야. 모냥이 빗맹키로 된 거슬 소 등 거리에다 줄을 매가꼬 똥꾸녁까지 길게 달아가꼬 끄집꼬 댕기믄 논바닥이 평평허니 골라지제. 그때는 왼손에다가 모를 쥐고 오른 손으로 쬐까썩 띄어 가꼬 양삐짝에서 못 줄 대고 숭궈야써. 멀리 띄 어서 한 줄 심고 줄에다가 또 한 줄 심고 한 번에 두 줄을 심었제.

모는 사람이 줄로 띠움시롱 줄 주르니 서서 빤듯허게 심궈야써. 고것도 손이 딱딱 맞어야제. 양삐짝에서 둘이썩 딱딱 만나가꼬 가 운데서 또 만나제. 안 글믄 모 못 심어야. 쩌짝 사람이 요짝으로 오 고 요짝 사람이 쩌짝으로 가고 손이 딱 맞아야 허제. 혼자는 못 헌 당께. 두 줄로 심어 분께 한 번 가 가꼬 또 와야제.

아야, 양쪽에 줄 잡은 사람이 워쭈고 논다냐. 고것들도 심제. 쇠 꼬챙이 꽂은 사람도 몇 포기라도 다 심제, 안 심고 가만히 서 있다 냐? 시방은 농사가 일도 아니여. 그때는 허리 한 번을 못 펴고 꼬 그리고 헌디 말도 못허게 힘들었제. 근디 고것은 암껏도 아니었 당께.

무논에는 거마리가 징허니 많았냐안. 아조 살을 뜯어 묵으믄 그 냥 밸라도 커 가꼬 피가 찍찍 나야. 아조 징그라와서 말도 못헌당 께. 근디 어쭈고 거머리에 안 물리고 모를 숭근다냐? 글고 옛날에 뭔 놈의 스타킹을 신어? 모르고 놔두믄 양껏 계속 뽀라 묵고 있제.

그 시상에 뭐시 있었겄냐? 암껏도 없제.

오메, 거마리가 달라붙은 것을 워쭈게 모른다냐. 뙤얏뙤얏 헌께 바로 알제. 양씬 뜯어 묵고 떠러져분 것도 있고 붙어 있는 것도 있고 그런당께. 피 뽈아 묵을라고 엉거붙은 놈을 가만히 뜯으믄 떨어진다냐? 고것이 꽉 물고 있는디 안 떨어지제. 살점을 뜯어야 피가 나오제. 매랍시 피가 나온다냐. 살에 구녁이 나야 피를 뽈아 묵제.

아야, 논에 안 들어가고 싶제. 누가 들어가고 싶다냐? 다 사람마다 끔찍허제. 근디 안 들가고 어쭈고 산다냐? 들어가야 살제.

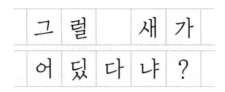

그럴 새가 어딨다냐?

이 세상에 거머리 귀엽다는 사람이 있을까 싶다. 나보다 두 살 어린 내 동생은 옛날 꼰 날에나 있을 법한 이야기로 썰을 푼다.

"모심기 전 무논에 들어가면 물이 무릎까지 첨벙첨벙 차 있잖아. 그러면 동네 애들이 손을 잡고 일렬로 쭉 선 다음에 다리로 뚝 뚝 걸으면서 몇 번을 왔다 갔다 했다니까. 우리 또래 애들이 다 동원됐어.

시골 일은 품앗이잖아. 기계도 없으니까 사람 손을 빌려야 되는

데 어른들이 우리 꼬맹이 하나가 아쉽지. 동네 애들을 다 긁어와
서 그런 걸 같이 했어. 옛날에는 농사를 다 그렇게 지었다니까.

무논에 한 번 들어갔다가 나올 때마다 다리에 거머리가 몇 마리
씩 달라붙어서 피를 빨아 먹고 있어. 그러면 소름이 끼쳐서 질색
팔색을 한다니까. 아무리 팔딱팔딱 뛰면서 잡아 뜯어도 떨어지지
않아. 다시 들어가려면 너무 끔찍해. 거머리 때문에 그 무논에 다
시 들어가기 싫었는데도 어쩔 수 없이 또 들어갔지. 일 중에서 그
논 일이 제일 싫었어.”

동생 말처럼 내가 맨날 친구들하고 칠렐레팔렐레 놀러 다니느
라 모르는 건지 그 애가 개꿈을 꿨는지는 모르겠으나 아무튼 우리
엄마도 처음 듣는 말이란다. 미궁 속으로 빠져든 이 이야기가 실
제로 있었던 일이었는지 지어낸 이야기든지 간에 징그럽다는 면
에서는 똑같다. 웬만하면 작은 생물체는 귀엽지만, 거머리는 아무
리 자주 마주치고 살을 맞대어도 도무지 친해질 수 없다. 물속의
나비라 불러도 손색없는 유연한 몸놀림으로 훌라훌라 훌라춤을
추며 온갖 아양을 떨지만 오만 정이 떨어지기는 마찬가지다.

거머리는 미친 존재감이다. 그의 ‘생김새’보다 ‘하는 짓’이 더 진
절머리가 난다. 물속에 잠복해 있다가 물결의 진동만으로도 낌새
를 알아차리고 흙탕물이 일어난 틈을 이용해 감쪽같이 접근한다.

포식자는 먹잇감을 포착하고 포식한다. 붙임성이 좋은 거머리는 사람만 봤다 하면 들러붙는다. 요즘 사람들이 흔히 말하는 '금사빠'다. 반하는 데 단 몇 초밖에 안 걸리고 찍으면 백발백중이다. 일단 상대에게 꽂히면 빨대부터 꽂고 본다. 우리는 질색하고 거머리는 반색한다. 이루어질 수 없는 사랑이다.

거머리는 얌체 손님이다. 공짜를 좋아하고 좌우지간 피 냄새만 맡았다 하면 정신을 못 차린다. 빨간 피 맛에 취해서 몰래 흡반을 꽂고 수혈하기보다는 주유한다. 자기 몸보다 2~5배의 양을 양껏 빨고 몸이 땅땅해진 후에야 땅바닥에 나가떨어진다. 거머리는 비위도 참 좋다. 혈액형과 피의 상태가 양호한지를 묻지도 따지지도 않는다. 식성이 까다롭지 않고 딱히 가리는 것도 없다. A형, B형, AB형, O형, RH- 등 가리지 않는다. 단, 살과 피는 주문 대신 셀프다.

"아이, 무논에 안 들어가고 어쭈고 산다냐?"라는 엄마의 이야기를 듣고 모처럼 모심던 그 시절로 돌아가 추억의 못자리에 잠기니 그때 기억이 새록새록 난다.

"거마리가 피 뽀라 묵을라고 살에 엉거붙어도 몰르고 놔두믄 하누고 뽀라 묵고 있당께. 양껏 뜯어 묵다가 지 배 불루문 떨어지제."

마치 포를 뜬 까만 살점이 내 살갗에 붙어 있다고 생각을 한번 해보시라. 감각이 둔한 사람은 오랜 시간이 지난 후에야 알 수 있다.

내 친구 경화가 냇가에서 수영하고 집에 돌아와 거머리를 떼어 내려고 수탉 꽁지 빠지게 뛰어봤자 헛수고였다. 손으로 만지지도 못하고 마루 위를 홀딱홀딱 뛰면서 울어도 아무 소용없었다. 거머리는 피를 다 빨아 먹고 배가 불러야만 떨어지며 지 배부르면 살을 갖다 대어줘도 꿈쩍도 안 한다는 엄마의 말을 들은 후로는 그 징그러운 거머리가 우리와 별반 다르지 않다고 생각했다. 거머리로 치자면 우리는 아주 찰거머리다.

어릴 적에는 엄마에게 껌딱지처럼 찰싹 달라붙어 있다. 성인이 된 후 돈을 벌고 결혼하면 자기 자식과 배우자밖에 모르게 된다. 뱃속에서는 탯줄로 엄마의 영양분과 칼슘을 빨아 먹고 배 밖으로 나와서는 엄마의 청춘과 피땀 눈물을 빨아먹고 산다. 그러다가 자기 배부르면 엄마에게 무관심해지고 귀찮게 생각하다가 나중에는 점점 마음에서도 멀어진다.

자연은 알면 알수록 신기하고 놀랍다. 의료형 거머리가 많은 질병을 치료하고 혈액순환계의 외과수술에서 대체요법으로 쓰이고 있음을 아는 사람은 그리 많지 않다. 외관상으로 보면 거머리가 내 아까운 피를 뽑아가는 것처럼 보이지만, 우리 눈에 비치는 모습이 다가 아니다. 그 침에 이로운 물질이 60가지나 분비되어서 치료하는 역할을 한다. 절단된 신체 부위를 접합하는 데 혈액의 응고를 막고 혈전을 용해시킨단다. 그 밖에도 수많은 일을 한다.(YK바이오텍 홈페이지 참조)

우리 눈에 하찮게 보이는 거머리도 자기가 하던 일을 꾸준히 하면 그 방면에서 탁월할 수 있으며 한 우물을 파면 그 분야의 전문가가 된다. 거머리의 몸값은 비싸다. 한 마리에 만오천 원이다. 다섯 마리로 치면 얼마인가? 자그마치 장어 1킬로와 맞먹는다. 내가 돌로 쳐서 죽였던 거머리의 몸값이 이렇게나 비쌀 줄이야. 그 비싼 돈을 주고 동네 사람이 퀵서비스로 배달받아서 치료한다는 말을 듣고 웃은 적이 있다.

무논에 들어갈 때 거머리가 있는가의 유무를 확인하고 들어가는 사람은 없다. 무작정 뛰어드는 것이다. 자식 잘되는 일이 우선인 엄마는 먹이고 입히고 가르치느라 자신의 피가 빨리는지, 살점이 떨어져 나가는지조차도 몰랐을 것이다.

그러나 만일 우리가 없었다면 엄마는 어땠을까? 물론 육체적으로나 경제적으로는 더 안락하고 편했을지 모르나 정신적으로는 장담할 수 없다. 우리의 존재는 고통을 잊게 하는 마취제가 되었다. 그녀의 삶이 정체되거나 응고되지 않고 늘 순환되게 하는 역할을 한 것이다. 엄마는 자식이 있었기에 살았다고 할 수 있다. 엄마에게 딸려 있었던 딸 다섯은 살아가야 할 이유였다. 죽고 싶어도 죽을 수 없고 차마 놓을 수 없는 새끼들은 엄마를 지탱해주는 목숨의 끈이 되어 주었다.

영화 〈007 No Time To Die〉(죽을 겨를이 없다)의 제목은 우리 엄마와 딱 맞아떨어지는 제목이다. 사는 동안에 외롭고 쓸쓸한 적은 없었는지 묻는 나에게 엄마의 대답은 이랬다.

"내가 그럴 새가 어딨다냐?"

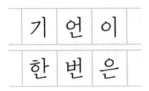

기언이
한번은

나락을 물에다 담가 놨다가 싹이 나믄 손으로 건져 놓제. 고것을 논에다 두둑을 쳐 가꼬 갖다가 허쳐. 지금에나 모판이 있었제 그때는 암것도 없써. 옛날에는 그냥 논바닥에다가 바로 뿌려부렀제. 모가 잘 되믄 숭글 때 숭궈. 그 모가 한 뼘반 정도 되게 크믄 다시 뽑아 가꼬 짚으로 한 주먹씩 묶어. 한 다발석 쪄 놓은 모를 딱 건져 가꼬 논뚜럭에다가 물 빠지라고 모도 띵게 놔두제. 그래야 물이 옷으로 안 내래가고 땅으로 떨어지겠냐얀. 지게에다 바작을 엉거 가꼬 가제. 쉽게 말허믄 복개떡 알지야? 모양이 딱 송편맹이로 생겼어. 고것을 지게에 달린 가지에다가 사내키로 끼워. 그러 믄 딱 벌어지제.

옛날에 어디 비닐이가 있다냐? 밀대를 영거 가꼬 깔았능가. 양 삐짝으로 입이 떡 벌어지냐안. 골로 한나씩 담아 가꼬 짊어지고 가서 논바닥에 띄엄띄엄 띵게 놔. 당산 밑에서 모를 찌믄 간난쟁 이로 지고 가야 모를 심제.

글고, 뭐시고 숭궈만 놓으믄 지가 지절로 된다냐? 비료도 주고 망홀도 허치고 풀도 매주고 클 때까지 계속 뭐슬 해줘야제. 놉 얼 으믄 밥도 해줘야제. 새참에 밥 한 번 묵고 오전에 또 숨다가 또 낮 에 밥해서 들로 내믄 또 밥 묵고 오정때 샛밥 묵고 그랬제. 저녁밥 을 묵은 동네도 있었는디 우리 마을 사람들은 다 자기 집으로 갔 제. 샛거리로 뭐슬 허겄냐. 고기 고런 것도 지지고 그러제.

나락이 다 익으믄 낫으로 비어 가꼬 깍지로 딱 놔. 몰라지게 한 번 뒤집어 가꼬 널어놨다가 다발로 묶어서 지게로 져 날리는 사 람은 지게로 지고 오고 대그빡으로 이고 온 사람은 이고 오고 그 러제.

집에 갖고 와 가꼬 비닐로 눌러 놨다가 손으로 고로케 한 주먹 썩 홅타. 비닐이가 요새 쓰는 것이 아니고 초가집 이엉을 말헌 거 였제. 손으로 훑는 것이 쇠로 딱 영거져 있는디 쇠가 손꾸락만 썩허니 질게 되가꼬 뺌으로 재문 세 뺌이나 될 꺼이다. 모양이 시방 나이롱 빗 있냐안. 발이 고로케 생겼써. 그때는 부잣집이나 기계 홀테가 있고 다른 집은 없써. 악어 등짝처럼 생긴 거 있냐안. 나뭇 가지로 발을 네 개로 만들어서 사람이 한 먹썩 잇어 가꼬 발로 둘이 디딤시로 홀트문 돌아가면서 나락이 떨어져. 양삐짝써 한나씩 띠어 주문 둘이는 서서 고로고 서서 홀타.

그러문 쇠가 길게 가락으로 엮어져 있는 거로 홀타. 지금 농사는 암껏도 아니여. 시상이 월매나 좋아졌냐안. 그래도 우리 일이 다 허믄 못 허겄단 사람 한나도 없었다. 내가 말만 허믄 전부 다 해야지라우 했써. 인심을 얻어서 글제. 나 혼자 어쭈고 다 했겄냐. 사람들이 도와준께 살았제. 내가 산 일을 생각허문 아조 징그럽다. 워째서 그러겄냐. 팍팍헌께 글제.

기언이 한번은 울어야 나락이 우리 집 마당 안으로 들어온당께.

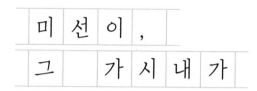

미선이,
그 가시내가

나는 이제껏 아빠가 어떻게 돌아가셨는지 몰랐다. 사람들은 어떻게 그럴 수 있느냐고 하겠지만 우리는 그랬다. 엄마는 애써 말하지 않았고, 나도 굳이 묻지 않았다. 아무도 아버지의 죽음에 대해 말하지 않았다. 원래부터 없었던 것처럼. 그런데 우리 집 담 너머 옆집엔 '엄마 없는' 순임이가 살았다. 비슷한 처지여서 그랬는지 나는 그 애를 보면 측은한 마음이 들었다.

나는 다섯 살 때 아빠를, 내 친구는 여섯 살 때 엄마를 잃었다. 누가 더 안됐는지 생각해보면 나보다 그 애가 더 그래 보였다. 나는 아빠가 없는지조차 모르고 살아서 괜찮았지만, 그 애는 달랐다. 나처럼 아빠가 있었으면 하는 아쉬움보다 사무치는 그리움이 더 고통스러울 거라 생각했다. 기억과 추억이 없는 나보다 두 가지를 한꺼번에 잃어버린 그 애가 더 힘들 것 같았다. 내 친구 순임이는 돌아가신 엄마 이야기를 꺼내기도 했다.

"우리 동네 저수지 위에는 돌이 아주 많았잖아. 그때는 아버지가 방장을 떴어. 넓적한 자갈들을 캐다가 팔았거든. 그때 우리 엄마가 맨날 나를 업고 아버지 샛거리 이고 다녔지. 우리 엄마는 나랑 똑같이 생겼어. 큰 올케언니가 그러는데 내 얼굴에다 비녀만 꽂으면 딱 엄마 얼굴이라더라. 성격까지 똑같대. 우리 엄마? 지금도 보고 싶지. 살다가 힘들면 우리 엄마 생각이 나."

나는 골목대장이었다. 어떤 날은 내가 시킨 것도 아닌데 친구들이 내 가방을 서로 들겠다고 다투었다. 그럴 땐 공평하게 가위바위보를 해서 이긴 사람이 들도록 해주었다. 그런 나에게 미선이는, 뜬금없이, 내 뒤통수에다 대고, "너는 아빠 없지?"라고 말했다.

쉬는 시간을 알리는 종이 울리고 운동장에 나가 뛰놀 생각에 들뜬 나를 따라 나오며, 반곱슬마저 사나웠던 미선이는 머리카락 한 올도 건드리지 않고 나를 울렸다. 머리채를 잡고 싸웠더라면 내가 이겼으려나. 친구들과는 우리 아빠와 관련된 이야기를 하지 않았다. 우리끼리 아무리 심한 욕을 해도 그 말만은 하지 않았는데, 미선이가 굳이 말하지 않아도 되는 걸 확인 사살했다.

생각해보면 '나는 아빠가 어떻게 돌아가셨는지 몰랐다'라는 이 무심한 말속에는 어떤 막연한 두려움이 숨어 있을지도 모른다. 아빠가 끔찍한 사건으로 사망한 건 아닐까 상상도 했었다. 동네에서 유일하게 우리만 아빠가 없었다. 다른 집에 다 있는 아빠가. 학창 시절 생활기록부의 가족관계를 기록할 때마다 마음 한구석이 불편했던 걸 보면 나는 아주 괜찮지만은 않았던 것 같다. 그러나 어느 때는 당사자보다 누군가를 통해 전해 들은 이야기가 더 마음에 와닿을 때가 있다. 특별히 그를 사랑했던 사람의 절절한 목소리로 들으면 사랑한다, 보고 싶다는 말이 더 애틋하게 들린다. 말만 들어도 행복하고, 눈물 나는, 나에게는 이런 아빠가 있다.

"우리가 젤 갓집이었냐안. 아부지가 일하고 용냄이 다리께 있는 디 만치 오믄 쩌어기 멀리서도 뷔제. 그러믄 니그 셋이서 달음박질쳐 가꼬 아부지한테 쫓차가야. 니그들 둘은 팔 양삐짝에다 하나씩 보듬고 입을 쪽쪽 맞추고 오고 나머지 하나는 아부지 바짓가랭이를 잡고 따라와야. 넷이서 한 덩어리로 뭉쳐서 오제. 아이고, 말도 못허게 이뻐라고 했제. 이놈도 보믄 이삐고 저놈도 보믄 이삐고……."

나랑
결혼 안 했으믄
지금도

내가 니그 아버지랑 몇 년을 같이 살았을까나? "금방 갔다 옴세" 하고는 광업소에서 죽었써야. 니 아부지는 날마다 집에서 열두 시에 점심을 묵고 한 시가 되믄 일하러 가서 다섯 시에 집으로 돌아왔따. 근디, 그날은 올 시간이 지났는디도 안 오는 거여. 아무리 지달려도 오질 않았제. 그날 저녁이 된께 용생리 사람 하나가 와서는 "형수씨, 성님이 입을 한복 한 벌만 주씨요" 하는 거여. 그 말 한마디에 나는 바로 알아부렀따. 그 사람은 성님이 그냥 쫌 다쳤다고만 말해주고 암말도 안 해줬당께. 그래서 내가 따라간다고 떼를 썼써야. 가서 안 울 텡께 지발 데꼬만 가달라고 했제. 바닥에 뿍뿍 기어 댕기고 있는 막내를 들쳐업고 바로 따라나섰제. 바로 갔는디도 영안실 안에는 쇠때를 채워 놔 가꼬 못 들어가고 너무 놀래부러서 밤새 내내 벤소만 댕겼다.

이튿날 염을 해놓고서야 니 아부지를 봤는디 얼굴이 희케 가꼬 꼭 잠자고 있는 것맹기로 눈을 감고 있드만. 아이, 근디 내가 간께 로 얼마나 보고 싶었는지 어쨌는지 눈을 딱 떠부러야.

니 아부지 어떻게 죽은지 모르지야. 니그 아부지가 석탄 캐는 사람이었써. 그 시절에 고등학교를 나왔승께 배운 사람이제. 관리 도 쫌 했써야. 뭔 반장인가. 일 다 마치고 딴 사람들은 나오고 니 아부지는 정리하느라 맨 나중에 나오다가 탄광이 무너져부러서 그랬써야. 천장에서 바위가 떨어져부러 가꼬 그런 거여. 덕석만허 게 큰 놈이 꽉 눌릉께 죽었냐안. 굴속에 들어갔승께 그랬제. 사람 들이 지기 살란디 들어가겄냐. 암도 안 가제. 바우가 또 떨어지문 지그들도 죽은께 암도 안 들어가제.

난중에는 사람 살리라고 악을 쓰고 난린께 그때 들어간 거제. 쇠대꼬 퉁퉁헌 거시 있는디 사람들이 고놈을 갖꼬 들어가 가꼬 바 우를 떠들고 끄져 내 논께 딸꾹질 세 번 허더니 가불드라게. 바우 가 고렇게 큰 놈이 눌러 부렀는디 어쭈고 살겄냐. 숨을 못 쉰디 죽어불제. 그래도 가서 본께 어디 상처 한나도 안났드라.

　사람들이 집으로 관을 갖고 왔는디 못질을 해 놔서 떠들어 본께 시푸래져서 못 보겄어. 그다음에는 보라고 해도 못 보겄드라. 원래 관에 바람이 들어가면 시체가 시푸래진다고 방 안에 들여다 놓는디 밖에서 죽었다고 방으로도 못 들어오고 마당에 두었당께. 참말로 징허게 불쌍해야. 내가 죽어부러야 잊을랑가. 니그 아부지는 잠들 때 빼고는 항시 내 가심속에 있다.

　나랑 결혼 안 했으믄 지금도 살아 있을 것인디…….

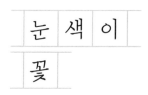

눈색이
꽃

어렵고 힘들게 산 사람은 자칫 악바리가 될 수 있다. 그런 면에서 볼 때 나는 엄마가 신기하다. 살아온 인생을 보면, 독해지지 않고는 살지 못할 세상에서 어찌 이리 순할 수 있는지. 독기를 뿜어내는 대신 향을 지닌 우리 엄마는 복수초를 닮았다.

꽃과 사람의 차이는 이름을 정할 때다. 사람은 태어나기도 전에 얼굴과 상관없이 이름을 먼저 짓고 꽃은 그 생김새를 보고 이름을 붙여준다. 이 세상에는 사람의 눈길을 끄는 꽃이 있고 발길을 멈추게 하는 꽃도 있다. 복수초는 이 두 가지 면을 다 지녔다. 이름만으로도 귀가 번쩍 뜨이고 사람을 여러 번 놀라게 하는 반전의 꽃이다. 가지에는 가시가 돋치고 이파리는 뾰족뾰족 위협적으로 생기지 않았을까 싶지만, 귀엽고 앙증맞다. 액면 그대로 해석하자면 앙갚음하는 독초라 오해할 수 있지만, 그와는 반대로 오래도록 복을 누리며 살라는 뜻을 지녔다. 얼음새꽃이라고도 불리며 한자보다는 순우리말이 더 잘 어울린다.

복수초는 우람한 가지에서 피는 꽃이 아니라 밟고 지나가면 속절없이 짓이겨지고 마는 연약한 꽃이다. 추운 겨울 바깥에서 얇은 옷만 걸친 자식을 보면 마음 쓰이는, 해맑게 웃고 있는 모습 때문에 더 짠하고 마음 가는 꽃이다.

겨울에 피는 꽃은 단순히 예쁘다는 차원을 넘어선다. 땅속에서 작고 여린 것이 눈을 뚫고 나오기 때문이다. 대단하다는 말로는 부족하고 어떤 경외감마저 든다. 이 꽃을 보면 그냥 지나칠 수 없고 왠지 응원하고 싶어진다. 남 일 같지 않아 어떤 동질감을 느낀다고나 할까. 그 꽃의 위대함은 '저것도 사는데 나도 살아야지!' 하는 용기를 준다는 데에 있다. 물론 겨울에 피는 다른 꽃들도 있기는 하다. 동백은 단단히 버텨 낼 수 있는 든든한 뿌리와 의지할 가지가 있다. 광을 낸 듯 반질거리는 이파리가 많이 달려 있어 그리 가엾어 보이지는 않는다.

큰 녀석보다는 어린것한테 마음이 더 기우는 건 어쩔 수 없다. 우주보다 꽃 한 송이가 더 궁금해지는 이름, 복수초. 그것은 화단이나 화분에서처럼 사람이 주관하는 것이 아닌 산비탈이나 그늘에서 자라는 우주의 섭리 속에 있는 꽃이기 때문이다. 불이 켜진 꽃 등잔처럼 노란빛을 띠는 복수초는 밝다. 끈끈이 풀처럼 곤충을 유인하여 잡아먹지 않고 오히려 꿀을 나눠 주고 꽃잎을 모아서 따뜻하게 해준다. 해를 따라 움직이며 자기 몸속의 온기로 눈을 녹인다. 복수초는 장작더미를 쌓아 올린 모닥불보다 아궁이의 불씨가 담긴 은근한 화롯불에 가깝다. 활활 타오르는 빨강이 아닌 은은한 노랑이다. 뜨거워서 물러나게끔 하는 게 아니고 따뜻하게 만들어 가까이 모여 앉게 한다.

한 가지에 꽃 한 송이만 피우듯 한 사람만을 사랑했던 아빠는 '영원한 사랑, 슬픈 추억'이라는 꽃말처럼 살았다. 아빠는 그렇게 빨리 갈 줄 알았던 걸까. 눈색이 꽃처럼 꽃들을 빨리 피웠다. 해를 따라 움직이는 꽃은 직감적으로 알아버린 것인지 영안실에 누워 있던 아빠는 엄마를 보고 눈을 떠버렸다. 엄마는 스스로 눈을 떴다 ㅎ.ㅎ 감을 ㅠ.ㅠ 수 없는 아빠의 꽃잎 같은 두 눈을 오므려주었다.

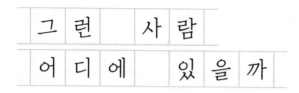

그런 사람 어디에 있을까

　"니그 아버지는 성질이 징허니도 좋았써. 니 큰아버지를 한나도 안 닮았당께. 그 양반은 오기도 창창허고 욕도 잘했제. 입에다 쌍욕을 달고 살았는디 니 아버지는 안 그랬당께. 니 고모가 오죽이나 술보였냐안. 술만 취하면 큰동생이 죽고 작은동생이 살아야 헌디 거꾸로 되어부렀다고 말했싼께로 큰엄마가 들으면 어쩌까 하고 징허니 성가셨써야. 살아생전에 니그들한테 '가시내'란 소리를 한 번도 안 했따. 니 큰엄마는 아버지가 배운 사람이라서 욕을 한 번도 안 한다고 부러워했제.

니 아버지는 진짜 좋은 사람이었다. 니그들 낳을 때도 항시 나를 보듬꼬 앉아 있었제. 딸을 다섯을 낳았써도 딸만 낳았다 소리 한 번을 안 허고 갔당께. 가시내 소리를 한 번을 안 해봤써. 생전 이놈들이라고 했제. 니그 아부지는 일을 못 헌당께. 손이 금방 물러져 부러가꼬 당최 일을 헐 수가 없써. 원래는 니 큰아부지가 우리 집을 성주해준다고 나무까정 싹 사놨는디 니그 아부지가 일을 안 허고 있승께 뵈기 싫다고 집을 안 지어 줬당께. 니그 큰어매가 쏘삭거려 가꼬 그랬제. 어느 집이고 여자가 흔들어불제."

나는 지금껏 우리 아빠를 대단한 호인이었거나 좋은 성품을 지닌 사람으로 알고 있었다. 태초에 빛이 있었던 것처럼 아빠는 원래부터 그런 분이었다고 믿어왔다. 나는 으레 아빠가 사는 동안 엄마에게 잘해주어서 평생을 못 잊고 그리워한다고 생각했다. 그도 그럴 것이 여태껏 엄마로부터 아빠에 관한 흉허물을 들어본 적이 없었기 때문이다. 그러나 엄마가 했던 어떤 이야기는 극히 주관적일 때가 있다. 우리 아빠의 살갗이 연해서 지게를 잠깐이라도 지면 어깨가 다 벗겨진다고 한 것도 그렇다. 내가 큰엄마였다면 단연 미웠을 것이다.

엄마가 들으면 다소 서운하겠지만 큰아버지가 마음을 바꾼 게 이해가 간다. 왜냐하면 충분히 아버지의 허물이 되기 때문이다.

그리고 큰엄마의 입장에서 볼 때 우리 아빠가 일을 잘하고 못하고를 떠나서 시동생의 집을 지어준다는 말이 그리 달가운 일은 아니었을 테고 말이다. 큰손이거나 배포가 크면 모를까. 어느 누가 선뜻 그리하겠는가.

엄마는 같은 동네에 살았던 준기네는 자기 큰집에서 기와집을 아주 좋게 지어줬고 큰아버지는 우리 아빠가 밉다는 이유로 집을 안 지어주었다고 한다. 사다 놓은 재목과 나무를 전부 다 팔아버리고 다른 마을에 살림을 내줬다고 섭섭해하지만 나는 그럴 수 있다고 생각한다. 우리 엄마의 눈에는 단단히 콩깍지가 씐 것이 틀림없다. 아빠가 욕을 얻어먹을 만한 일도 무조건 아빠 편을 들고 오히려 다른 사람에게 탓을 돌린다.

그러나 이 세상천지, 내 마음에 딱 맞아떨어지는 그런 사람이 어디에 있을까? 우리 아빠가 어디 한 군데 흠잡을 점이 없는 완전무결한 사람이라서가 아니라 그냥 무조건 좋게 보고, 좋게 생각하고, 예쁘게만 바라봐주는 엄마의 눈이었기에 그리리라. 아빠의 죽음에 대해서도 다른 사람과 결혼했으면 아직도 살아 있을지 모른다고 하지 않던가. 우리 엄마는 아마도 아빠의 다른 부분들도 이런 식으로 받아들였으리라.

5장

내 머릿속의 지우개

공책에 쓴 글씨는
틀린 것을 찾아 지운다.
하지만 머릿속의 지우개는
맞는 것을 없앤다.

'나의 어머니'란 파일에
사라져가고 있는 엄마의 기억을
Ctrl+c 복사하기와 Ctrl+v 붙여넣기로 해서
저장해둔다.

나는 부자가 되고 싶어졌다

나는 지금껏 돈과는 거리가 멀게 살아왔다. 부자가 부러웠던 적도 없고 돈을 벌기 위해 악착같이 뭔가를 해본 적도 없다. 있으면 쓰고 없으면 안 썼다. 꽃다운 스물여덟, 하나님께서 나를 선교사로 부르셨을 때 나는 가난하기를 각오했고 내 청춘과 삶을 산 제물로 바치고자 마음먹었다. 나는 그곳에 내 뼈를 묻을 생각이었고 평생을 헌신하며 살리라 다짐했다. 하나님의 뜻이 우선이었고 물질은 뒷전이었다.

그래서 나는 엄마의 만류에도 불구하고 모든 것을 버리고 떠날 수 있었다. 그런 나를 보며 엄마는 오랫동안 몸져누웠다. "내 눈에 흙이 들어가기 전에는 타국에 절대로 보낼 수 없다. 평생 연 끊을 작정이면 가라"고 완강히 말리기도 했다. 하지만 끝내 자식 이기는 부모 없다고, 엄마는 나를 놓아주었다. 나는 사명감에 불탔고 엄마는 깜깜한 내 앞날로 애탔다. 늙어 빠져서 돌아올 때 집도, 모아둔 돈도 없이 어떻게 살지 모르겠다고 걱정하는 엄마를 뒤로하고 용감하게 떠났다.

먼 훗날 언니를 통해 엄마가 몇 달 동안 자리에 앓아누웠다는 일을 전해 들었다. 머나먼 타국으로 딸을 떠나보내는 것이 엄마에게 얼마나 가혹했는지 그때는 깊이 헤아리지 못했다. 나는 엄마를 하나님께 맡겨놓고 기도만 했다. 여태껏 그렇게 살아온 것이 몸에 배어버렸을까. 그 이후로도 엄마를 돌본 적이 없다. 엄마가 어찌 되든 관심을 기울이지 않았다.

"너희는 이르되 누구든지 아버지에게나 어머니에게 말하기를 내가 드려 유익하게 할 것이 하나님께 드림이 되었다고 하기만 하면 그 부모를 공경할 것이 없다 하여……."(마 15:5~6)

나는 선교회 규정상 7년에 한 번 고국을 방문할 수 있었고 10년 동안 엄마 얼굴을 본 것은 고작 한 번이 전부였다. 안식년이 되어 한국에 머무르는 기간을 제외하면 말이다. 나는 다시 길을 떠났고 비싼 전화요금 탓에 짧은 안부만을 물었다.

　엄마는 열렬한 불교 신자였다. 초파일이나 부처님 오신 날에는 어김없이 절에 불공을 드리러 갔고 대보름에는 장독대에다 정한 수를 떠놓고 빌었다.

　내가 선교지로 온 지 몇 년이 지났을까. 엄마가 했던 말은 아직도 잊히지 않는다.

　"엄마, 나는 천국에 가는데 이 세상에서 고생만 한 엄마가 지옥에 간다는 생각을 하면 나는 가슴이 아프고 괴로워서 못 살 것 같아요. 그러니까 엄마도 예수님을 믿어요."

　더 이상 말을 잇지 못하고 울먹이는 나에게 엄마는 생각지도 못한 말을 했다.

　"아이, 뭐시 그러는디, 엄마가 믿는 신허고 딸하고 믿는 신이 서로 달르문 자식헌테 안 좋은 일이 생긴다고 허드라. 그래서 진즉에 발 끊었써야. 절에 안 댕긴지 오래 됐따. 너한테 뭔 일 생기믄 안 되제."

엄마는 타국에서 자식이 잘못될까 걱정돼서 자기가 철석같이 믿어왔던 신을 헌 신발짝처럼 버렸다. 뜻밖에도 엄마의 말은 한동안 나를 먹먹하게 만들었다.

내가 고등학교 때, 엄마는 점을 보고 온 적이 있다. 언니들과 동생은 엄마 주위로 모여서 본인 차례를 기다렸다. 엄마는 나만 쏙 빼놓고 큰언니부터 막내까지 돌아가면서 한마디씩 해줬다. 내가 점쟁이의 말을 믿지는 않지만 나만 건너뛰는 이유가 궁금해서 말해달라고 하자 엄마가 하시는 말씀이,

"점장이가 그러는디 너는 하나님 믿는 사람이어서 점괘가 안 나온다더라."

나는 속으로 엄마가 나를 내놓은 자식으로 여기지 않을까 생각하면서도 내심 '귀신도 나를 알아보는가' 하며 은근 뿌듯했었다.

"나는 무당점은 안 봤써야. 귀신 들린 사람헌테는 점 안 했당께. 굿 허라고 뭣 허라고 허믄 송신난당께. 그렁께 안 가."

나는 엄마와 이야기하다 보면 간혹 놀랄 때가 있다. 사소한 부분에도 엄마 나름의 철학이 있다는 걸 발견한다. 내용이야 어떻든

지 간에 엄마는 자식에게 좋지 않을 것은 삼가고 근처에도 안 갔다. 그러나 나에게 우리 엄마가 1순위였던 적이 있었나. 위의 성경 구절은 딱 나를 찍어두고 하신 말씀처럼 느껴진다. 부모를 공경하는 일, 그것은 부모의 마음을 즐겁게 해드리는 것뿐 아니라 그분들의 필요를 채워드리는 일에 최선을 다하는 행위이다.

"너를 낳은 아비에게 청종하고 네 늙은 어미를 경히 여기지 말지니라. / 네 부모를 즐겁게 하며 너를 낳은 어미를 기쁘게 하라."(잠 23:22, 25)

이제 나의 새로운 꿈은 엄마를 기쁘게 해드리는 일이다. 예전에는 다른 사람들을 위해 헌신했지만, 지금은 엄마가 내 섬김의 대상이다. 엄마를 공경하는 건 『에베소서』 6장에서처럼 내가 이 땅에서 장수하고 복을 받기 위함이 아니라 엄마를 웃게 만들어드리고 싶어서다.

나는 내 주위에서 일반 사람들이 하나님을 믿는 나보다 자기 부모님께 더욱 효도하는 모습을 볼 때도 있다. 수시로 엄마를 찾아가 드라이브를 시켜드리고 맛있는 음식도 사드리며 편찮으실 때는 집에 모셔 와 돌보는 것을 보곤 한다. 그러나 나는 엄마 생신과 아버지 기일, 명절과 어버이날에도 어떤 특별한 마음 없이 의무감으로 여겼던 듯하다. 챙겨야 할 날이 한꺼번에 몰려 있을 때는 '너무 잦은 거 아닌가?'라는 생각마저 들었다.

"너희 중에 누구든지 그에게 이르되 평안히 가라, 덥게 하라, 배
부르게 하라 하며 그 몸에 쓸 것을 주지 아니하면 무슨 유익이 있
으리요. 이와 같이 행함이 없는 믿음은 그 자체가 죽은 것이라."(약
2:16~17)

성경 말씀에 물질이 있는 곳에 마음이 있다고 하지 않던가. 엄
마의 필요는 채우지 않고 말로만 함은 반쪽짜리 사랑이다. 나는
불가피한 상황 때문에 다시 선교지로 돌아갈 수 없게 되었지만,
엄마를 다시 보고 이전의 시간을 만회할 시간을 주셨다는 게 감사
하다. 만일 내가 아직도 선교지에 있었다면 살아생전에 엄마를 몇
번이나 볼 수 있었을까. 아마도 다섯 손가락 안팎이었지 않을까.
이제라도 깨달아 다행이고 엄마를 자주 볼 수 있다는 점도 좋다.

내가 이토록 글을 열심히 쓰는 이유 중 하나는 바로 우리 엄마
다. 나는 이제 부자가 되고 싶다. 누군가를 위해 돈을 벌고 싶어졌
다. 엄마가 부르면 언제든지 달려가서 도울 수 있는 부자 말이다.

나중 일이겠지만 훗날 엄마의 병원비도 감당하고 싶다. 물론 꼭
그런 쪽이 아닐지라도 엄마에게 필요한 모든 부분을 채워드리려
한다. 지금 혼자서 엄마를 돌보고 있는 우리 셋째언니에게도 힘을
보태고 싶다. 나는 그 누구보다도 우리 엄마의 수호천사가 되련다.

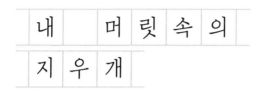

내 머릿속의
지우개

엄마 뒤꽁무니를 가장 많이 따라다녔던 둘째언니의 목격담이
다. 이 산 저 산에 흩어져 있던 기억을 긁어모아서 한 자루에 담아
준다.

"옛날에는 나무를 해다가 밥을 했잖아. 마른나무는 연기가 별
로 안 나고 잘 타니까 땔감으로 아주 좋았지. 근데 신기한 건 파란
소나무도 탄다는 거야. 소나무의 연기가 먹구름을 만들었어. 빗물
대신 눈물, 콧물 쏟아지면 그걸 빨아 먹으면서도 불을 땠다니까.

가까운 곳은 사람 손을 타서 나무가 없어. 이미 다른 사람들이 다 해 가버렸거든. 어쩔 수 없이 아주 멀리 가야만 했어. 산봉우리와 고개를 몇 개나 넘어야 했는지 몰라. 거리가 워낙 머니까 도시락을 가져가서 까먹고 또 나무를 했어. 나무가 얼마나 무겁던지 한 번에 못 오고 중간에 떨쳐 놓고는 잠깐 쉬었다가 다시 또 이고 왔다니까.

우리 집 근처 동네 산은 남의 산이니까 땔나무를 함부로 못 쳐내고 그 주인의 눈치도 많이 봤지. 엄마는 항상 사람들이 안 다니는 시간에 올라가서 나무를 해 왔어. 그나마 끝 집이니까 얼른 들어올 수 있었지. 그때는 생나무를 끊으면 법으로 걸리는 뭔가가 있었던 것 같아. 엄마는 나무를 맨날 감췄어. 유독 파란 나무를 해다가 쟁여놨지. 혼자 있다 보니까 항상 무언가를 채워놔야만 안심이 되었나 봐.

엄마는 해 온 나무를 우리 집 헛간에 안쪽부터 쟁이기 시작해. 아주 가지런하고 반듯하게 말이야. 마른 소나무로 마치 아무것도 없는 것처럼 겉에다 안 보이도록 변장을 해. 그것은 좀 괜찮았나 봐. 옛날엔 그렇게 나무를 해서 땠지.

내 머리가 그 나무둥치 때문에 눌려서 납작하다니까. 우리 신랑이 웃기다고 떼굴떼굴 굴러. 가르마가 앞으로만 타지고 아무리 옆으로 해도 다시 돌아와. 미용실에 가면 원장이 거기가 팩 죽었다고 파마 기계로 똘똘 매가지고 살린다고 용을 쓰는데 머리카락만 만져도 아프다니까. 살려 놔도 어차피 죽게 돼. 꼭 반으로 쪼개져."

셋째언니도 어디엔가 떨어져 있던 기억 하나를 주워서 얹는다.

"호호호. 그렇지 않아도 넷째랑 그 이야기 하면서 웃었어. 다음에 만나면 언니 머리 꼭 한번 만져봐야겠네. 나도 생각이 나. 그때는 소나무에서 떨어진 가리나무를 하는 것도 단속했어. 산에 있는 나무들 거름 되라고 못 긁어 가게 했다니까. 그래서 경찰이 온다고 하면 엄마가 숨겨 둔 나무를 가져다가 우리 집 위에 있는 도랑에다가 감췄어."

옆에서 가만히 있던 막내도 말을 보탠다.

"응, 내가 어려서 기억이 가물가물한데, 새벽인지 해 넘어갈 때인지 사람들이 다니지 않을 때 미리 해놨던 나무를 위에서 밑으로 굴린 다음에 옮겼다니까."

그러나 그전에 엄마가 들려준 이야기는 이랬었다.
"내가 십리 길이나 된디를 낫으로 자장개비 따고 갈쿠로 가리나무 긁어 왔제. 시푸른 거 따문 안 됭께 빼빼 말라가꼬 나무에 붙어 있는 거 있냐안. 파란 이파리 없는 놈으로 쳐갖고 집에서 꼰 사내끼를 갖고 가서 삵쟁이를 묶었제. 그때는 산림계에서 조사를 댕겼어. 생쏠깽이 쳐다 놓았쓸게비 집집마디 돌아댕김서 그랬제. 그거 못 치게 할라고 겁나 무섭게 했써야. 긍께 시푸른 나무 치문 안 돼써. 큰일나부러야."

옛날에는 산에서 나무를 해 불을 땠다. 그때 그 시절 세숫물을 데우고 밥을 해먹을 수 있는 것은 나무밖에 없었다. 우리 엄마만 그런 게 아니라 다른 사람들도 마찬가지였다. 모두가 그렇게 살았고 얼어 죽지 않으려면 다른 방도가 없었다. 그러다가 어느 순간 정부에서 민둥산이 되는 것을 우려해 법으로 나무를 하지 못하도록 금했다. 우리 엄마는 이 상황에서 무엇을 할 수 있었을까. 물론 벼를 수확하고 쌓아 둔 지푸라기와 콩깍지나 깻대가 있기는 했다. 그런데 그것이 며칠이나 갈까? 그것은 불쏘시개용으로나 적당하다.

성질 급한 지푸라기는 성냥불을 긋자마자 파르르 타버리고 붙임성 좋은 마른나무는 귀했으며 생솔가지는 고약한 성질을 피웠다. 장작은 느긋하고 진득하여서 오래 가나 어디에서 구할지, 있다 해도 아까워서 땔 수가 없었다. 추운 겨울, 연탄도 없던 시절에

나무를 하지 않으면 무엇으로 방을 데울 수 있었겠는가. 엄마는 자식들을 따뜻하게 해줄 수 있다면 하늘의 별이라도 따 와서 아궁이에 넣어 주었을 것이다.

법에는 시대 상황에 따라 달라지는 부분이 있다. 옛날에는 불법이었지만 지금은 허용되는 것이 있고 그 반대의 경우도 있다. 나무를 해서 때는 행위는 아무것도 아닌 시절이 있었지만, 법으로 규제한 순간부터는 불법이 된다. 나는 언니와 동생의 이야기를 듣고 그간 엄마의 마음고생이 얼마나 심했을까 하는 생각이 들었다.

나는 '불법', '금지', '단속'이란 단어를 듣기만 해도 심장이 떨린다. 엄마는 얼마나 가슴이 두근거리고 조마조마했을까. 엄마는 낫하나 들고 나가서 해가 떨어져서야 돌아왔다. 작은 체구로 남자들도 오르내리기 힘든 가파른 산길을 다녔다. 머리에 산봉우리 하나를 이고서 말이다. 작은 것 하나에도 마음 아파하고 별거 아닌 것에도 힘겨워하던 우리 엄마는 나뭇단 속에 떨리는 심장도 함께 묶어 왔을 것이다. 유독 겁이 많은 우리 엄마에게 무언가를 숨기면서 해야 함은 괴로움의 연속이었겠다. 아마도 연기가 밖으로 새어 나갈까 봐 정제문도 활짝 열어 놓지 못하고 그 매운 연기를 혼자서 다 마셨을지도 모른다.

나는 엄마가 우는 모습을 한 번밖에 보지 못했다. 그때 그 고샅에서 나를 때리고 울었던 때를 빼고는 없다. 연기보다 더 매웠을 인생살이에도 어떻게 눈물 한 방울 흘리지 않았는지가 의아했었다. 아마도 엄마의 눈물은 그 질식할 듯한 연기와 함께 다 쏟아져 버린 게 아니었을까. 남이 싫어하는 일 하지 않고 법 없이도 살았던 엄마는 이 일만큼은 감추고 싶었는지도 모르겠다.

"아이고 염병헌다. 막내 고것은 내가 뭐슬 새벽에 가져왔다고 그런 끔찍한 소리를 헌다냐. 말도 아닌 소리를 허고 앉어 있네. 지가 째간헌 것이 뭐슬 안다고 지랄을 했싸. 나도 몰른다, 몰러. 나는 솔잎 가루 주수고 쏠깽이 때고 살었당께. 나 생전 그런 짓거리 안 허고 살었따.

무논에서도 써래질을 소가 허제, 뭔 놈의 사람이 해? 오메, 고것은 말도 아닌 소리 조까 안 허문 쓰겠구만. 애기들이 손을 잡고 어쭈고 발로 끄집고 헌다냐?"

내가 전해준 막내의 말에 화들짝 놀란 엄마는 행여나 이 이야기가 새어 나가면 붙잡혀 갈까 봐 그러는 건지 정말로 기억이 안 나는 건지 모르겠지만, 죽은 나뭇가지 쳐내듯 내 말을 자른다.

옛날에는 모두 그렇게 살았다는 잘 묶어 놓은 나뭇단 이야기에도 속이 타는지 무논의 이야기로 덮어버린다. 치매는 과거를 기억

하고 현재를 잊어버리는 특징이 있다고 한다. 엄마 머릿속의 지우개가 과거에 있었던 나쁜 기억도 하나씩 지워가고 있다. 지금 엄마의 마음은 생솔가지 피우는 연기로 자욱하다.

내 팔자가
상팔자

엄마가 해놓고 안 했다 시치미를 떼고 알면서 모른다고 했다. 우리와 기억이 다르면 억울해하고 애먼 소리 한다며 성을 냈다.

엄마가 이상하다고 생각하게 된 건 언제부터였을까. 처음에 우리는 엄마가 거짓말한다고 오해했다. 컴퓨터의 '오려내기'처럼 어느 부분을 까맣게 덮어씌운 다음 통째로 잘라버리고 있다. 다시는 복구할 수 없도록 어느 때는 단락을, 어느 때는 지명과 이름 등을 그렇게 퍼내고 있다.

엄마의 기억이 사라지고 있다. 이미 상당한 양의 퍼즐조각을 잃어버렸고 심지어 다른 그림과도 뒤섞였다. 광주의 집과 시골집의 크기가 뒤바뀌었고 본인 기억과 다르면 여지없이 버럭 하기도 했다.

셋째언니는 직장에 다닌다. 예전에는 언니를 대신해 엄마가 살림을 도맡아서 했다. 조카들을 챙기고 음식과 빨래며 가사노동을 전담했다. 만일 그때 엄마가 없었다면 언니는 마음 편히 직장에 다닐 수 없었을 것이다. 그러나 지금은 모든 게 바뀌었다. 아니, 제자리로 돌아왔다고 하는 게 옳을까? 이제는 언니가 부엌살림을 한다. 엄마를 믿을 수 없기 때문이다. 가스불을 켜놓고 새까맣게 잊어버리기 일쑤였다.

"집에 들어오면 타는 냄새가 진동했어. 그것도 이상한 것 중 하나였지."

엄마는 냄비를 수시로 태웠다. 언니는 음식이 문제가 아니라 집을 태울까 봐 걱정이었다. 그래서 언니가 생각해낸 해결책은 가스레인지에 시간 타이머를 설치하는 일이었다. 시간을 설정해 놓으면 자동으로 차단되어 불이 꺼진다. 처음에는 간격을 15분에서 8분으로 하다가 지금은 5분으로 단축했다고. 이제는 그마저도 전

자레인지를 사용해 물 끓이기도 엄마 담당에서 커피포트로 대체
했다.

    몇 년 전에 엄마가 욕실에서 미끄러져 다리 수술을 한 적이 있
다. 절뚝거리는 다리로 물 주전자를 식히려고 베란다로 내놓다가
화상 입을까 봐 미연에 방지하는 차원에서였다.

    "엄마가 원래 기억이 좋았어. 버스 노선도 나보다 더 잘 알아. 몇
번을 타면 어디를 가고 그런 거 말이야. 네 형부가 교대 근무하잖
아. 어떤 주는 아주 복잡해서 젊은 사람도 이해하기 어려운데 엄
마는 달력을 안 보고도 다 알아. 스케줄이 언제 바뀌어서 낮에 가
고 아침에 가고를 다 알았다니까.

    근데 지금은 아침마다 말해주고 가도 몰라. 뭔가 아주 이상하다
고 느껴서 노인 전문 치매 검사하는 곳으로 엄마를 모시고 갔어.
이름, 숫자 같은 기본적인 것을 물어보는데 전문의가 같은 연령대
에 비해 상태가 아주 좋다면서 약을 안 먹어도 되겠다는 거야.

    그런데 우리는 알잖아. 예전의 엄마와 너무 차이가 나고 기억력
이 급격히 떨어진 것을 말이야. 의사가 엄마는 괜찮다고 말했는데
도 우리 보기에 평소하고 달랐어. 그래서 다른 병원으로 가봤지.
CT도 찍고 검사한 결과 초기 치매라는 진단이 나와서 약을 타 먹

고 있어.

우리 엄마가 원래 순순히 안 가지. '내가 뭔 치매냐?'고 '그냥 이렇게 살다가 간다'고 하는 걸 병원에서 주는 약 복용하면 치매의 진행 속도를 늦출 수 있다고 약을 드시는 게 나를 도와주는 거라고 설득했어.

지금은 엄마가 치매라는 걸 알아서 약을 잘 드셔. 나 성가실까 봐 그러겠지. 자다가도 일어나서 약 먹었는지 안 먹었는지 확인하고 드신다니까. 반찬은 뭐에다 드셨냐고 물으면 모르는데 말이야. 신기하지?"

나는 우리 엄마에게 왜 치매가 왔을까를 되짚어보았다. 많은 요인이 있겠지만, 치아가 결정적인 영향을 미쳤으리라는 생각이 든다. 뇌가 치아와 연결되어 있다는 학설을 읽어보면 이가 없어서 저작 활동을 못 했던 점이 상당 부분 차지했겠다. 그리고 나머지 하나는 엄마가 받은 충격이다. 내가 홀로서기를 하던 당시에 엄마가 많이 우셨다. 엄마가 집을 잃고 셋째언니 집에 막내와 함께 얹혀 있었을 때였다.

그 당시 나까지 외국에서 돌아와 함께 있던 게 눈치가 보인다며 억지로 결혼하라고 등 떠밀었던 걸 자기 잘못이었다고 생각한 듯싶다. 엄마는 옛날 사람들이 그랬던 것처럼 살다 보면 정들고 좋아질 거라 가볍게 생각했다며 자책이 심했다. 아무리 아니라고 해도 소용이 없었다.

다행히 셋째언니가 치매를 빨리 발견하고 엄마도 치매약을 꾸준히 드시고 계셔서 상태가 그리 심하지는 않다. 자식을 몰라보거나 망상하는 일도 없으며 이상한 행동도 하지 않는다. 우리 엄마의 가장 큰 두려움은 혹시나 요양원에 보내질까 싶은 일이다. 교도소나 사형 집행장쯤으로 여긴다. 그런 곳에 갈 바엔 차라리 죽는 편이 낫다고 생각한다.

오늘은 웬일인지 엄마의 목소리가 들떠 있다. 어디 대단한 곳에 갔다 왔길래 이리도 행복해하는 것일까. 다른 사람의 경우라면 자식들이 부모님을 모시고 해외여행 보내드렸을 때나 보일 만한 반응이었다. 음식점 아니면 경치 좋은 곳, 그 어느 기막히게 좋은 곳 말이다. 그러나 엄마는 병원에 치매약을 타러 갔다 온 것이었다.

"나는 당아, 니 언니하고 얼굴 한번 안 붉혀보고 살았냐안. 성질이 셋째가 질로 낫제. 참말로 여지껏 마음이라고는 안 상해보고 살았당께. 나는 참말로 신간 편허게 살고 있쓴께 그러제. 니 셋째 언니랑 형부처럼 요렇게 좋은 사람들 없써야. 다른 할매들은 다 일허고 혼자 살거나 요양원에 가 있는디 요만허믄 됐제 어째야.

내 팔자가 상팔자지. 차에서 내리믄 오른쪽에는 니그 언니가 잡고 왼손에는 니 형부가 잡고 양삐짝에서 한나씩 내 팔을 잡고 간당께. 나처럼 호강허는 사람이 어디 있겄냐?"

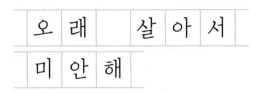

오래 살아서
미안해

우리 셋째언니는 내가 아는 사람 중에 가장 착하고 성격까지 좋다. 같은 자매지만 어쩜 이리도 좋은지, 또 그런 사람이 내 언니라서 더 좋다. 우리 언니는 어렸을 적부터 워낙 순하고 울지 않아 아버지가 제일 예뻐해서 어디든 데리고 다녔다고 한다. 우리 엄마가 아주 잘 낳았다고 입에 침이 마르게 자랑하는 딸이다.

그런 언니가 엄마를 모시고 있다. 마음이 넓고 이해심도 많아서 내 보기에 서운하고 섭섭할 만한 일에도 그냥 넘어간다. 어느 때는 화가 나는데 참는 건지, 진짜로 화가 나지 않는 건지가 궁금

할 지경이다. 우리 언니는 제2의 친정엄마라고 불러도 될 만큼 식구들에게 잘한다. 내가 갈 때마다 냉장고를 탈탈 털어주는 언니를 보며 엄마는 "니 엄마보다 낫다"라는 말로 미안함과 고마움을 대신한다. 본의 아니게 나를 냉장고 털이범으로 만드는 언니다. 지금껏 아무 말 없이 엄마를 돌보고 있다. 내 동생도 로또에 당첨되면 언니한테 은혜를 꼭 갚고 싶다고 할 만큼 나뿐만 아니라 다른 식구들에게도 잘 베푼다.

우리 언니가 이런 사람이기에 나는 이제껏 하던 아르바이트를 그만두고 1년 반 동안 글만 쓰고 있다는 사실을 말하지 못했다. 언니가 알게 되면 지금보다 더 신경 써줄 게 뻔해서다. 나는 2차에 합격하고 나서야 이 사실을 털어놓았다. 언니는 나의 든든한 지지자다. 이상하게도 다른 일은 반대하면서 글은 쓰라고 응원해주었다. 내 글은 독특하고 창의적이라며 잘될 거라고 말이다. 다른 사람 흉내 내려 하지 말고 나만의 색깔을 가지고 지금처럼만 하면 되겠다는 말은 나에게 큰 힘으로 다가왔다.

엄마는 하루에도 몇 번씩 나에게 전화한다. 그러다 문득 나는 '엄마에게서 걸려 오던 전화가 오지 않으면 얼마나 슬퍼질까'라는 생각을 하다가도 동시에 언니한테 미안한 마음을 갖게 된다. 그래서 언니에게 "나는 가끔 엄마의 말이 시처럼 들려"라는 말을 하고 나서 내가 얄밉지 않았을까 생각했다. 만일 내가 시누이였거나 동서였다면 정말로 꼴 보기 싫었을 것이다.

사실 우리는 언니의 고충을 잘 모른다. 엄마가 아무리 좋은 분이라 해도 막상 모시고 살면 지금처럼 항상 좋은 말만 하고 웃을 수 있을까를 반문해본다. 나는 단연코 우리 언니처럼 잘 해내지 못할 게 뻔하다. 엄마를 모시는 일이 얼마나 힘들겠는가. 살림살이도 자기 취향대로 배치할 수 없고 버리고 싶은 것도 엄마의 간섭과 참견을 받아야만 한다. 엄마는 다른 자식들한테 참기름을 담아 준다고 소주병도 모으고 페트병도 지질구질 쌓아 놓는다. 또 치아가 없어서 엄마 반찬은 따로 만들어야 한다. 감자볶음, 가지나물과 몇 안 되는 재료로 매 끼니를 만들어낸다는 건 참 힘든 일이다. 세상에 존재하는 여러 음식 중 엄마가 만만해하는 건 바로 감자탕이다. 뼈다귀 살과 시래기가 푹 삶아져서 안 씹어도 저절로 녹기 때문이다.

근데 우리 엄마가 좀 까다롭기는 하다. 닭도 장에서 파는 산닭이 아니면 안 되고 백숙도 마트에서 파는 것은 쳐다도 안 본다. 함께 먹는 가지 반찬에도 언니는 양파 많이 들어 있는 걸 좋아하는데 엄마는 싫어하기에 넣지 않는다고. 엄마와 함께 사는 언니가 주기적으로 하는 일이 있는데, 그건 일주일에 한 번씩 엄마를 씻기는 일이다.

"우리 엄마처럼 원래 살이 하얀 사람은 때가 더 많이 나온다는 말이 있어. 때를 불려서 살을 밀면 고무지우개 똥처럼 말리면서 나와. 그러면 엄마는 얼른 바가지로 물을 끼얹어. 정말 거짓말 조금 보태서 8센티 정도가 나온다니까."

"아야, 요것을 며느리면 해주겠냐? 딸이나 된께 해주제. 내가 언제까지 너를 성가시게 허겠냐. 빨리 자다가 죽어야 할 것인디 오래 살믄 어째야 쓰끄나."

엄마는 모아둔 돈도 없다며 병들어서 오래 살까 봐 걱정한다. 자식들에게 오래 사는 것을 미안해한다. 사람들은 자신의 재산을 살아 있을 때 물려주지 말고 죽을 때 손을 펴서 주라고 하지 않던가. 그러나 엄마는 돌아가실 때 자신이 살았던 아파트를 팔아 다섯 명에게 똑같이 골고루 나눠 주시겠다고 한 말을 지키지 못했다. 다른 자식이 사업자금 필요하다고 했을 때 엄마의 피눈물 같은 전 재산을 내어줄 수밖에 없었으니까.

그런데 내 친구 미화는 엄마랑 같이 사는 게 너무 편하고 좋다고 한다. 남편을 잃고 혼자된 친구는 회사 갔다 집에 돌아오면 엄마와 함께 드라마를 보면서 이야기도 한다. 서로에게 의지가 된단다.

그 애 엄마는 내 친구와 비슷한 시기에 남편을 잃고 그리워서 날마다 묘지에 가 울다가 병원에 입원까지 한 적이 있었는데 함께 살면서 엄마의 우울증도 나아져 아주 잘 지낸다고. 자기가 살았던 집을 정리하고 엄마 집으로 들어가면서 남편의 사업 빚도 갚아 이자 낼 필요도 없다며 홀가분하다고 했다. 엄마가 살림도 해주고 친구처럼 지내 남자친구 이야기며 못 하는 말이 없다고 한다.

"우리 엄마는 돈이 많아. 엄마가 재테크도 잘하고 주식이고 뭐고 다해. 그래서 엄마가 우리한테 손을 벌린 적이 없어. 심지어 병원에 갈 때도 우리 돈을 써본 적이 없다니까. 매달 연금이 150이 나오고 아버지가 광업소를 오래 다닌 등급으로 보상금이 몇 억이 나왔어.

우리 엄마는 집 안에만 있지 않고 바깥 활동도 많이 해. 친구들 만나서 그라운드 골프도 치고 요가랑 노래 교실도 다니고 점심식사도 해. 우리는 아직도 허구한 날 식구들끼리 만나고 놀러도 같이 다녀. 그렇지 않아도 우리가 그런 말을 자주 하곤 하지. 만일 우리 부모가 큰 병에 걸렸거나 돈이 없었다면 형제들이 지금처럼 가까이 지냈을까 하는 생각을 해. 자식의 도리는 하겠지만 엄청난 스트레스를 받았겠지."

그런데 셋째언니는 '우리끼리'라는 개념이 없다. 어딘가를 놀러 가도 그렇다. 엄마는 맨날 자식 생각해서 집에 있을 테니 너희들끼리 다녀오라고 하지만, 언니 입장에서는 매번 엄마를 같이 모시고 가기도, 자기들끼리만 가도 그렇고 항상 마음이 불편할 것이다. 형부도 마찬가지다. 집 안에서 속옷을 입고 마음대로 돌아다닐 수가 있나? 친구들을 초대해서 마음대로 놀 수가 있나? 생각해 보면 불편한 점이 한둘이 아니다. 괜스레 옛날, 엄마가 두 사람의 결혼을 결사반대했던 게 생각나서 미안해지기까지 한다.

"니그 형부는 뭐시고 생전 어디를 가믄 간다고 허고 오믄 꼭 왔다고 말허고 그러제. 진짜 그런 사람 없어. 술 먹고 어영부영 미친 놈맹기로 돌아댕기기를 헐까. 요 사람은 버릴 것 하나도 없이 다 좋아. 고것들 둘이가 만나믄 생전 손뼉을 탁 치고 그래야. 한나는 집이가 있다가 밖에서 만나도 생전 지기끼리 손을 때래. 나 있어도 그런당께. 요것들같이 쌈 한 번도 안 헌 사람도 참말로 없을 것이구만."

나는 엄마 말대로 언니네 부부가 사이좋게 지내주어 감사하다. 두 사람은 금슬이 아주 좋다. 시간이 많이 흐른 지금에도 그 사랑은 식을 줄 모른다. 우리가 있어도 아랑곳하지 않고 꿋꿋하게 자신의 노선을 걷는다. 형부는 소파에서 언니의 무릎에 누워 여기저기를 주무른다. 『창세기』에 "여자와 남자가 …… 한 몸을 이룰지니"라는 구절이 있다. 자기가 자기 살 만지는데 뭐가 문제랴?

엄마가 저것들은 밤에 뭐하고 저러는지 눈꼴 사나워서 못 보겠다고 할 만큼 민망도 하지만 그냥 미친 척 눈 한번 찔끔 감으면 된다. 싸우는 소리에 귀를 틀어막는 것보다는 백배 낫지 않은가. 언니와 형부의 결혼생활 중 단 한 번의 말다툼이 전부였으며 그건 우리 엄마가 침이 마르게 칭찬하는 일이다. 같이 사는 동안 둘이서 큰소리 한 번을 안 낸다는 것이다. 부모에게 돈만 많이 드린다고 기쁠까. 아무리 좋은 음식을 먹어도 옆에서 자꾸만 다투고 싸우면 얼마나 괴롭겠는가. 무엇보다도 마음 편하게 해드리는 게 최고의 효도이지 않을까 싶다.

우리 형부는 엄마 말대로 버릴 것이라곤 없는 사람이다. 딱 하나만 빼면 말이다. 평소엔 점잖고 순한 사람이 운전대만 잡으면 딴 사람으로 돌변하는 통에 나는 차 안의 손잡이를 꽉 부여잡는다. 빠른 속도로 앞차를 한 대씩 추월하면 나의 심장은 시속 200

킬로미터로 속도위반을 한다. 그래도 옆 좌석에 앉은 언니는 우리가 목적지에 도착할 때까지 한마디를 안 한다. 말하면 더 세게 몬다는 게 이유라면 이유다. 이럴 때 형부를 보면 우리 언니가 마음고생한다 싶지만, 엄마를 모시고 사는 형부를 생각하면 모든 게 다 용서가 된다.

우리 형부의 어머니도 살아 계시고 또 언니가 맏이는 아니다. 만일 이런 형부가 아니었다면 언니가 엄마를 마음 편히 모실 수가 있었을까 싶다. 엄마는 그런 형부에게 고마워하면서도 한편으로는 미안해한다. 하루는 엄마가 그동안의 말 못 할 고민을 털어놓았다. "니그 셋째형부가 퇴직하기 전에는 내가 죽어야 할 것인디 큰일이다"라는 말을 했다. 나는 '엄마가 형부와 함께 지내야 할 시간이 많아 서로 불편한가?' 하는 생각을 했다. 그래서 엄마가 안쓰럽게 느껴졌고 얼마나 큰일이기에 미리부터 걱정을 저리도 하는가 싶었다.

그런데 엄마는 내가 생각지도 못한 말을 했다. 형부가 회사 다니는 동안에 엄마의 장례식을 치러야 조의금을 많이 받을 수 있을 텐데 죽는 게 마음대로 안 될 것 같다는 뜻이었다. 장례식 비용이 부담될까 봐 걱정이었단다. 너무 진지해서 더 웃픈 이 말을 듣고 내가 웃겨 죽겠다고 하자 엄마도 덩달아 웃었다. 방금 전까지의 심각했던 분위기는 온데간데없이 사라지고 박장대소하며 깔깔 웃는 나를 따라 엄마도 소리 내어 웃었다. 우리 엄마의 자식 걱정은 언제 끝이 나려는가.

가 지 가
뭐 시 그 리

셋째언니는 말한다. 엄마는 가지 반찬을 가장 좋아한다고, 그래
서 단 하루도 빠지지 않고 드신다고 한다. 엄마가 단지 내 채소 파
는 트럭에서 떨어질 만하면 직접 가서 산다고. 다른 건 안 사고 가
지만 사 온단다.

엄마는 평상시에도 나에게 수시로 전화해서 우리 텃밭에 있는
가지의 안부를 묻는다. 가지가 많이 열렸는지, 많으면 말려서 나
물도 하게 따오라고 한다. 나는 가끔 깨방망이처럼 길쭉길쭉한 가

지를 한 보따리씩 따다가 가져다드리곤 한다. 가지 반찬은 어렸을 적부터 엄마가 자주 해주던 음식이다. 엄마가 만드는 가지볶음과 무침은 정말이지 맛있었다. 양파와 고추를 썰어 넣고 간장과 기름에 볶거나 찐 가지를 손으로 찢어서 조선간장과 참기름, 깨소금을 넣고 조물조물 무치면 밥 두 공기도 먹어 치울 정도였다.

그러나 아무리 맛있는 것도 한두 번이지, 나는 도대체 가지가 얼마나 맛있기에 가지만 드시냐고 물었다. 엄마는 "가지가 뭐시 그리 맛나겄냐? 물크덩해서 먹는 것이제"라며 웃었다.

갱년기가 온 언니는 예전과 달랐다. 나에게 글을 쓰라고 할 때는 언제고 생전 안 하던 말까지 했다. 오늘도 돈 벌랴, 살림하랴, 새끼들 키우랴 아픈 강아지 돌보랴 정신없이 바쁜데 운동도 못 가고 엄마 반찬 만드느라 이 밤중에 가지를 썰고 있다고 한다. 낮에 엄마가 그 채소 파는 아저씨한테서 가지를 자그마치 여덟 개나 사다 놓았는데 하필 그날따라 언니도 마트에서 사 오는 바람에 가지가 두 배로 늘어났다고 한다.

셋째언니의 목소리에는 피곤함이 묻어 있었다.

"나는 회사 갔다가 콩새 목욕시키고 바빠서 죽겠는데 너는 맨날 팔자 좋게 시나 쓰고 있고 말이야."

"언니, 나는 언제부턴가 엄마의 말이 내 귀에 시로 들려." 이 말을 하고는 괜히 말했나 하는 후회가 들기도 했다.

그러나 이내 생각을 바꾸기로 했다. 잠시 미안함을 뒤로하고 언니에게 얼마 전에 엄마가 했던 말을 들려주었다. 언니는 한참을 소리 내어 웃더니 처음보다는 한결 누그러진 목소리로 "호호호. 나는 엄마가 가지를 좋아하는 줄 알았지. 그러면 너는 이제부터 엄마한테 전화도 더 자주 해서 말도 많이 시키고 엄마가 말하는 것을 적어 놓는 게 좋겠어"라고 했다.

"옛날에는 금은방을 헌 사람이 이를 해주고 댕겼어야. 동네에서 사사로 헌 거여. 틀니를 해서 갖꼬 와서 없는디다 딱 찡게주고 가드라. 위에 이빨은 시방도 있고 밑에 것만 했당께. 내야는 아랫니 한나 있써야. 진작 빼놓고 그냥 없이 산디 어쭈고 묵기는? 언니가 조사주문 묵제. 그래도 잘만 묵고 산다. 인자사 이빨을 뭐드게 해? 요루고 살다가 언능 가야제."

엄마는 이가 좋지 않았다. 이가 다 썩어서 빠졌다. 평생 치과에 가본 적도 없고 야매로 정체불명의 시술을 받았었다. 아마도 엄청난 비용 때문에 치과에 가볼 엄두를 못 내고 그리했을 것이다. 그러나 만일 내 아들의 경우였다면 이렇게나 무관심하게 방치할 수 있었을까. 충치 하나만 생겨도 야단법석을 떨며 치과로 행차하는데 말이다. 나는 내 이를 소중히 여긴다. 무슨 일이 있어도 3개월에 한 번씩 치과에 들러 정기검진을 받는다. 다른 것보다 이가 우선이고, 전문 병원 중에서도 잘한다고 소문난 곳을 수소문해서 찾아간다. 내 이를 우리 엄마처럼 사사로 하는 일은 상상할 수조차 없으며, 아무리 돈이 없다고 한들 그런 일은 하지 않을 것이다.

나는 이런 엄마가 너무나 안타깝다. 속담에 '이가 없으면 잇몸으로 산다'라는 말이 있다. 요긴한 것이 없으면 안 될 것 같지만 없으면 없는 대로 그럭저럭 살아나갈 수 있음을 이르는 말이다. 그러나 제아무리 임플란트가 발달하고 틀니로 대체한들 제 것만큼 할까. 젊어서는 없어서 못 먹고 이제는 이가 좋지 않아 음식을 가려야만 한다. 갈비를 뜯거나 오징어처럼 질기고 단단한 음식은 씹을 수 없다.

엄마가 드실 수 있는 건 과연 무엇일까. 엄마는 거의 씹지 않고 삼켜도 되는 음식 중에서 가장 만만한 '가지'를 고른 것이다. 어른이 된 지금에 와서도 왜 한 번도 심각하게 생각하지 않았는지 하나를 보면 열을 안다고 이것만 보더라도 우리가 오해하고 착각하는 것이 비단, 가지 하나뿐이겠는가?

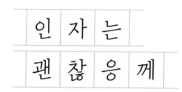

인 자 는
괜 찮 응 께

엄마의 부엌은 깔끔했다. 그에 반해 나는 얼렁뚱땅이었다. 그중 엄마가 나에게 질색하는 부분이 한두 가지 있었는데 그것은 간혹 설거지할 그릇을 물에 담가만 놓거나 뒷정리를 하지 않는 행동이다.

평소에도 엄마는 이런 나를 못마땅해했다. 밤에 무엇이 기어다닐지 모르는데 반찬 뚜껑을 닫아 놓지 않는다며 야단쳤다. 나물도 1층이 아닌 2층 베란다에서 말리라고 재차 강조해서 말한다. 쥐나 벌레가 그 위를 지나가면 더럽다는 것이다. 그러나 내가 지나가면 물건들이 드러눕는다. 바닥에 달라붙어서 일어나지 않는다. 삽시간에 발 디딜 틈 없이 쌓이고 내 아들보다 더 어지르니 이것이 은사가 아니면 무엇이겠는가. 엄마는 우리 집에 잠깐 머무를 때도 유난스러웠다. 반찬을 싸 오거나 재료를 사 와서 직접 만들어 드셨다. 식사할 때도 우리 그릇을 사용하려 들지 않았는데 그러면 기분이 언짢았고 그런 엄마가 까탈스럽다고 생각했다.

모처럼 언니하고 형부가 엄마를 모시고 우리 집으로 놀러 왔다. 엄마는 차 안에서부터 못마땅한 얼굴이었다. "너는 왜 도시에 살지 시골에 사냐." 밭을 둘러보고는 "뭐 하러 배추를 심었냐." 거실의 뜨개질 바구니를 보고는 "여자는 반찬을 잘해야 한다. 이런 거 할 시간에 차라리 요리학원을 다녀라. 다른 건 다 쓸데없는 짓이다"라고 연신 잔소리를 퍼부었다. 나는 어느 날부터인가 엄마의 마음에 들려고 엄마가 좋아할 만한 말을 하기 시작했다. 엄마가 "지금 무얼 하고 있냐?" 물으면 나는 로봇처럼 "청소해요. 집 정리해요"라고 응답했다.

엄마는 그것도 놓치지 않고 "너는 내가 물어볼 때마다 청소한다고 하는데, 와서 보면 항상 똑같더라"라며 찍는 소리를 했다. 엄마는 어떻게 내가 하는 모든 행동이 마음에 들지 않는 걸까. 수를 아무리 예쁘게 놓아도 뜨개질을 잘해도 나에게 돌아오는 언어는 핀잔과 야단이었다. 그래서 엄마는 여전히 나를 좋아하지 않는다고 생각했다.

그렇게 나는 그간 참았던 설움이 복받쳐 올랐다.

"엄마는 내가 뭘 해도 잘했다고 말한 적이 없어. 남들은 나를 보고 '너는 도대체 못하는 게 뭐야?' 하고 부러워하는데 말이야. 칭찬을 받아야 할 일도 되려 뭐라고 하잖아. 언제부터인가 나도 모르게 엄마한테 숨기기 시작했어. 다른 엄마 같으면 정말 자랑스러워할 일인데 나는 오히려 야단을 맞으니까. 나는 그래서 엄마를 좋아하지 않아."

엄마는 그 자리에서 적잖이 충격을 받은 듯했고 나는 죄송한 마음에 차마 전화할 수가 없었다. 얼떨결에 들켜버린 내 마음 때문에 몹시 당황했다. 아주 오래전, 이 일로 엄마와 나는 한동안 서로 아무런 연락을 하지 않고 지냈는데 그건 지금도 아픈 기억으로 남아 있다.

엄마가 나의 깔끔하지 못한 면을 지적할 때마다 늘상 하는 말이 있었다. "니가 너무 지저분해서 너랑은 절대로 같이 못 산다." 그런데 몇 년이 흐른 지금 엄마가 갑자기 나와 같이 살자고 한다. 얼마 전 속상한 일로 어떤 생각을 한 듯싶다. 나는 엄마에게 "나는 반찬도 못하고 시원찮아서 같이 살기 싫다며?"라는 말로 응수했다. 한없이 작아진 엄마는 나에게 애원하듯이 말했다. 나는 지금에서야 예전에 큰소리로 야단치던 엄마가 차라리 낫다고 생각했다. 언제나 당당하게 호통치던 엄마는 어디 가고 한없이 나약한 엄마의 목소리가 나를 서글프게 한다.

"아야, 그런 거 암시랑토 안 해야. 인자는 괜찮응께, 내 노령연금이랑 국민연금 나온께 고걸로 반찬값허고 너허고 나허고 같이 살자. 나 요양원 보낼라고 허믄 니가 나잔 데꼬 가서 키워도라."

6장

엄마가 웃었다

열대과일 '두리안'의 겉은
단단하고 거친 가시로 덮여 있다.

그러나 껍질을 벗기면
그 안에는 부드러운 살이 있고,
구린내 속의 달콤한 맛에 중독되면
헤어 나올 수 없게 된다.

나는 두리안처럼
퉁명스럽고 무표정한 얼굴 뒤에 감춰진
엄마의 가슴속 봄을 밖으로 꺼냈다.

그 당시 <웃으면 복이 와요>라는 코미디 프로그램은 인기가 대단했다. 흑백TV 속의 사람들은 시청자들을 잘도 웃겼다. 먹고살기 어려웠지만 컬러TV가 나오기 전이던 그때는 아이나 어른이나 잘 웃었다. 그러나 우리 엄마의 취향은 독특했다. 몸으로 웃기는 개그맨과 말로 웃기는 개그맨이 총동원되었지만, 엄마의 웃음 포인트는 이도 저도 아니었다. 우리 엄마가 좋아했던 건 따로 있었다.

사람 보는 눈이 남달랐다고나 해야 할까. 쌈박질하는 남자를 좋아했다. 좋은 말 놔두고 손이 먼저 나가는 싸움이 주특기인 사람을. 농담이나 유머는 고사하고 입도 뻥긋하지 않는 과묵한 그 사내가 우리 엄마를 웃겼다. 그 남자는 네모난 세상에 살고 있었다. 엄마가 갈 수 없는 저 너머에 그가 있었다. 그래서 네모난 화면을 통해서만 엿볼 수 있었다.

그는 관중이 모이는 곳을 좋아하는 무대 체질이었다. 그의 등장은 요란했다. 고급 호텔 샤워장에 들어가야 할 듯한 잠옷 가운을 입고 나왔다. 단 몇 분 걸치고 벗을 거면서 온갖 멋은 다 부리고 군중이 환호성을 지르면 그 가운마저 홀라당 벗었다. 그의 패션은 범상치 않았다. 여름 바닷가에서나 입을 법한 수영팬티와 꽉 끼는 겨울부츠를 신었다. 이 둘은 서로 매치가 안되는 아이템이었지만 나름 잘 어울리는 듯도 했다. 패션의 완성은 자신감이 아니던가. 그는 달랑 팬티 한 장만 입어도 언제나 당당했다. 사람들의 시선 따위는 아랑곳하지 않았다.

그는 눈빛으로 말했다. 그들의 승부가 마치 눈싸움에 달린 것처럼 눈 깜박이는 것조차 자존심 상하는 모양이었다. 고개를 빳빳이 들고 하여간에 인사성이라곤 없었다. 그들은 종소리만 나면 나가서 싸웠다. 샤워 대신 땀으로 목욕했다.

음악은 매번 바뀌어도 뽕짝을 틀지 않았던 이유는 너무 흥에 겨울까 봐서다. 그들의 세계에서는 웃기만 해도 지는 거라 할 수 있다.

그 남자는 슬랩스틱 코미디처럼 웃기려고 일부러 넘어진 척하는 게 아니라 진짜 다치고 피를 흘렸다. 수상한 점은 죽을 지경까지 패는데도 보상과 합의금 대신 오히려 돈을 번다는 데에 있었다. 엄마는 이런 이상한 남자를 좋아했다. 같이 만나서 커피 한 잔 마시지도 않았고 손 한 번도 잡아본 적 없는데 말이다.

그러나 그의 운명은 슬펐다. 반드시 이겨야만 했다. 그가 이기면 한쪽에서는 좋아 죽고 다른 쪽에서는 야유를 보냈다. 그런데 그가 지면 응원하던 사람들마저도 죽어라고 아우성을 쳤다. 결국, 이기나 지나 죽도록 욕만 얻어먹었다. 그야말로 코미디가 따로 없었다.

그것은 코미디보다 더 웃픈 프로레슬링이었다. 엄마는 유독 김일을 좋아했고 그만 보면 소녀팬처럼 열광했다. 삼손은 머리카락에서 힘이 났지만, 그는 그것과 무관했다. 탈모였는지 아니면 전략적으로 밀었는지, 두상이 예뻐 보여서인지 그 얼굴에 그 머리 스타일이 최선이었는지는 모르겠으나 그건 그의 트레이드 마크였다.

그의 주특기는 박치기였다. 자동차 접촉사고가 나면 약소의 차

이는 있겠지만, 둘 다 찌그러지기 마련이다. 그런데 김일의 머리
는 바윗돌이었다. 그는 말짱하고 상대 선수만 나가떨어졌다. 그것
은 바위로 달걀 치기였다. 대개 머리를 들이받는 동물은 뿔이 나
있는 동물이다. 그것들은 툭하면 뿔을 내두르지만, 그는 아무 때
나 쓰지 않았다. 죽기 살기로 싸우다가 필사적으로 살아나야 할
때만 그 필살기를 썼다. 정말 뿔이 났을 때만 박치기했다. 황소처
럼 머리로 냅다 들이받을 때의 통쾌함이란. 축구 경기에서 발보다
머리로 들이받아 골을 집어넣을 때의 짜릿함이 느껴진다. 평상시
에 얌전하던 엄마는 그 시간만 되면 다른 사람으로 돌변했다. 경
기장의 투우사처럼 말이다. 엄마는 전라도 사투리로 TV 속의 해
설사보다 더 맛깔나게 생중계해주었다.

　김일은 키가 180이 넘는 장신이었지만 우리 눈에는 떡두꺼비처
럼 작달막하게 비쳤다. 밥만 먹고 하는 일이 운동인데 체형은 복
부비만처럼 보였다. 운동하는 양보다 먹는 양이 더 많은 듯 운동
과는 담쌓고 사는 사람 같았다. 그런데도 엄마는 그의 박치기 한
방이면 세상을 다 얻은 것처럼 환호했다. 그의 승리는 곧 엄마의
승리였다. 피마저도 회색이었던 그 흑백 시절에는 꽃도, 여자의
립스틱도 모두 거무죽죽하게 죽은 색이었다. 화려하게 수놓았던
가운의 색깔을 보지 못해 아쉽기는 하지만 그래도 빨간 피를 보지
않고 마음껏 응원할 수 있었던 그때는 나름의 낭만이 있었다.

나는 레슬링 경기를 보면 엄마가 좋아하던 모습이 떠오른다. 둘은 서로 다른 듯 비슷하다. 레슬링은 권투선수처럼 코치가 없다. 오롯이 자신의 힘과 지혜로 싸워야 한다. 홀로 세상에 남겨진 여인은 글러브도 없이 맨주먹으로 나선다. 머리에 보호장비 없이 세상과 겨뤄야 한다. 응원군은 딸 다섯, 종은 울렸다.

　손을 드는 의미는 둘 중 하나다. 선수가 스스로 드는 경우는 기권하는 것이고 심판이 손을 들어주었을 때는 승리했다는 뜻이다. 그래서 종이 울릴 때까지 죽을힘을 다해서 싸워야 한다. 심판이 셋을 세면 모든 경기는 끝이 난다. 어떻게 해서라도 3초 안에 빠져나와야만 한다. 선수에게 '3'은 마지막 숫자다. 다만 다른 점이 있다면 그는 링 위에서 싸웠고 엄마는 세상과 싸웠다는 점일 테다. 나에게는 볏단을 상대 선수같이 번쩍 들어 올리고 가마니도 패대기치는 우리 엄마가 세계 챔피언이다.

　엄마는 서로 치고받고 싸우는 운동이 뭐가 그리 좋았는지 나는 늘 의아했다. 그러나 엄마가 웃었다. 무엇이 엄마를 기쁘게 했는지는 모르겠지만, 나는 그렇게라도 웃는 엄마가 좋았다. 엄마를 행복하게 해주는 그 남자가 좋았고 그래서 나도 엄마를 따라 웃었다. 그때 궁금했던 것, 그러니까 엄마가 그 사람을 왜 그렇게 좋아했는지를 물었다. 그 선수에 그 팬, 엄마는 내 말이 채 끝나기도 전에 김일의 주특기인 박치기로 들이박았다.

"아이, 내가 고것을 뭣할라고 보겄냐? 레슬링을 질로 잘헌께 본 거여. 이긴께 좋아했제. 이긴 거 보니라고 봤당께. 나는 고것들 이름 한나도 몰른다. 그냥 누가 이긴갑다 허는 것이제. 내가 좋고 말고 헐 것도 없써야. 고런 것들이 잘하믄 좋고 못허믄 물짜고 그러겄냐. 그런 놈들하고 한나도 상관이 없당께. 내가 뭔 상관이 있다냐?"

생각해보면 엄마가 잠깐이라도 일손을 놓고 쉬었던 시간도 그때였던 것 같다. 코미디가 사람들을 웃겼다면 레슬링은 엄마의 마음까지도 울렸다. 엄마에게는 매번 치르는 경기가 올림픽이나 마찬가지였다. 한때 우리 엄마가 열광했던 그 사나이는 엄마의 고단하고 퍽퍽한 삶 속 유일한 낙이었다. 어쩌면 엄마는 그가 아닌 자기 자신을 응원했는지도 모른다.

엄마의 세상은 둥글지 않고 링 위에 올려진 네모였겠다. 종은 울렸고 그 속에서 K.O.를 당하든가 승리하든가 둘 중 하나였으니. 자신에게 딸린 자식들을 포기할 수 없어 죽을힘을 다해 싸워야만 했다. 그래서 김일이 받았던 그 영광은 우리 엄마와 함께 나눠 가져야 한다. 허리에는 복대 대신 챔피언 벨트를 차고 손에는 베틀북 대신 트로피를 쥐여 주어야 한다. 그를 모르면 단순한 싸움꾼으로 알겠지만, 알고 보면 그의 인생 자체가 챔피언이다. 살짝만 부딪혀도 빙빙 도는 머리를 바위가 될 정도로 피 터지게 훈련했을 테니까 말이다. 그는 링 위에서 죽기 살기로 싸웠고 어려운 시기 온 국민의 희망과 용기였다. 우리 엄마는 참으로 멋있는 사람을 좋아했다.

패션도 몸매도 꽝이었지만 우리 엄마를 웃게 만든 유일한 남자였다. 그는 재미뿐만 아니라 살맛까지 선사한 엄마의 연인이었다. 나는 우리 엄마를 웃게 해준 그 남자를 아직도 잊지 못한다. 그러나 엄마는 한평생을 이 세상과 싸우느라 힘을 모두 소진했다. 이제는 죽어라 싸우던 김일도 없고, 더 이상 그 무엇에도 흥분하지 않는다. 엄마의 가슴을 뛰게 하는 것이 딱 하나가 있다면 바로 '나'다.

레슬링처럼 상대를 때려눕히는 게 아니라 넘어져 있는 사람들을 일으켜 세우는 나의 글은 엄마의 마지막 희망이다. 어떤 경기든 역전하는 드라마가 더 재미있는 건 사실이다. 우리는 2인 1조의 복식이다. 전반전은 끝났고 후반전은 내가 나설 차례다. 엄마의 힘 없고 나약한 손이 나를 향해 뻗는다. 승리는 마지막에 웃는 자라고 하지만 나는 매일 웃는다. 그는 경기가 끝나는 마지막 순간에 웃지만 나는 매 순간 웃을 수 있다.

시합에서는 울려야 승자가 되고 코미디는 남을 웃겨야만 넘버

원이 된다. 그러나 걸핏하면 웃고 어지간해서는 다 웃어넘기는 5차원의 세계에 사는 나를 이 세상이 무슨 수로 이길쏘냐? 웃음 한 방이면 K.O.시키는 춘덕이를.

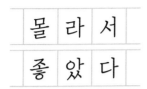

몰라서
좋았다

내가 글을 쓰고 있을 때 사람들은 말했다.

"글로 밥 벌어먹고 사는 사람은 몇 명 되지 않아. 그러니까 취미로만 해. 이 세상에 글 잘 쓰는 사람들이 얼마나 많은데 뭐가 되겠어?"

그런데 책 한 권 분량을 다 쓰고 난 후 들었던 말은 나의 마음을 더 심란하게 만들었다. 다섯 손가락 안에 든다는 출판사에서 30년간 편집장으로 일하다가 은퇴한 사람의 말이었기 때문이다.

"네가 현실을 모르는 것 같아서 알려주는 거야. 상위 1퍼센트만 성공하고 나머지는 다 가난해. 글 써서 뭐가 되겠다는 생각은 애초에 하지도 마.

그리고 출판사에 원고 보내는 건 헛일이야. 인지도가 있는 사람이나 사회적으로 큰 이슈가 된 사건만 줄간해주지, 모르는 사람의 글은 아예 읽어보지도 않아. 네가 글을 아무리 잘 써도 소용없어. 이름 있는 작가면 모를까. 누가 너에게 투자하겠니? 장르부터가 실수야. 수필은 아무도 알아주지도 않고 글로 쳐주지도 않아. 시나 소설을 쓰지 그래?"

올림픽에서 금메달을 딴 선수 뒤에는 일등 공신이 숨어 있다. 바로 부모님이다. 인터뷰나 기사에서 그분들의 열성과 활약상을 듣고 있노라면 나도 모르게 감복하게 된다. 어릴 적부터 자녀의 재능을 발견하고 물질과 시간을 아낌없이 지원한다. 새벽부터 장거리를 오가며 오직 그 뒷바라지에 매진한다. 부모님이 반 코치고 반 감독이나 마찬가지다. 요즘 사람들은 무언가를 실행에 옮기기 전 사전조사부터 하고 여기저기에서 정보를 수집한다. 부모의 능력은 정보력이란 말이 있지 않은가. 특히 그 일이 자녀에 관한 문제라면 말해 무엇하겠는가. 대학 진학에 있어 적성에 맞는지 비전이 있는지 등 철저히 알아본 후에 결정을 내린다.

그런 면에서 우리 엄마는 '꽝'이었다. 나를 위해 무언가를 미리 알아본다거나 조언해준 적이 없다. 진로나 직장, 인생에 있어 가장 중요한 일을 결정할 때도 어떤 제안이나 의견도 제시하지 않았다. 그렇다. 나는 글만 쓰면 되는 줄 알았고 잘 쓰면 미래가 있는 줄 알았다. 그의 말대로 현실은 절벽이었고 낭떠러지였다. 그 암담함이란. 허망하고 길이 보이지 않아서 한 달 내내 울었다.

그러나 그 편집장도 모르는 부분이 하나 있었다. 책을 만들어주는 응모전을 아느냐고 물어보니 처음 듣는다고 했다. 모든 걸 알고 있다는 그에게도 모르는 것이 있었다니. 어떤 경우는 어설프게 알거나 자기가 아는 게 전부라고 맹신하는 것보다 차라리 나처럼 아예 모르는 편이 더 나을 수도 있겠다는 생각이 들었다.

엄마에게 글에 대한 정보력이 없는 건 신의 한 수였다. 다른 사람들이 모두 전망 없다고 말하거나 아니라고 할 때도 엄마의 반응은 달랐다. 그 길을 가로막거나 반대하지 않았다. 어느 때는 오히려 모르는 게 은혜고 축복이다. 나 또한 처음부터 이 사실을 알았더라면 감히 도전은 고사하고 시도조차 하지 않고 이 과정을 견뎌내지 못했을 것이다. 나중에 알아 천만다행이었고 나도 엄마도 그 사실을 몰라서 좋았다.

우리 엄마는 내가 된다고 말하면 그냥 무조건 되는 줄 안다. '미

래가 촉망받는 직업인가, 안정적인 수입이 보장되는가' 등 무엇도
모르기에 남들이 안 된다고 할 때, 가지 말라고 길을 막을 때 나를
지지해주는 사람이 되었다. 엄마는 내가 글 쓰는 것을 복권에 당첨
된 것마냥 좋아했다. 내가 엄마에게 처음으로 들어보는 최고의 칭
찬이며 최초의 응원이기도 했다.

"오메, 뭔 놈의 공부를 요로고 열심히 헌다냐? 참말로 장허다. 시
방 엉덩이 딸싹도 안 허고 앉아 있는 갑구만 그나저나 늙어가꼬 고
생헌다야. 내가 너를 잘 낳아부렀제. 이번에 일등 나부러라. 우리
딸! 분명히 된당께. 내가 뭣 헌다고 뻘소리를 허겄냐? 암만, 되고
말고. 인자, 나는 주머니 한나 크게 만들어서 차고 있써야겠다."

크게
될 놈

내가 엄마에게 한 가장 큰 효도는 우현이를 낳은 일이다. 온갖 효도를 다 해드린다고 해도 이것 하나만 못할 것이다. 우리 아들은 엄마의 애인이나 마찬가지다. 보기만 해도 싱글벙글 웃음꽃이 핀다. 어디가 예쁘냐고 물으면 엄마는 "그냥"이라고 말한다. 우리 아들이 어렸을 때는 매일 보고 싶다며 나는 오지 말고 우현이만 보내라고 할 때가 많았다. 할머니가 안 예뻐하는 손자 손녀가 어디 있겠나 싶지만, 우리 엄마에게 우현이는 금쪽같은 새끼다.

때로는 언니들하고 조카들한테 미안한 마음이 들 정도로 좋아하는 티가 팍팍 난다. 손자 손녀 중에서도 유독, 우현이를 애지중지한다. 왜, 사랑의 또 다른 말은 편애가 아니던가.

내 나이 마흔이 가까운 나이에 기적처럼 아이가 생겼다. 그것만으로도 참 고마운 일인데, 우현이의 첫울음은 우리 엄마의 마음을 단번에 사로잡았다. 지금도 심심하면 회자되는 우리 아들의 탄생 신화가 있다. 당시 내가 분만실에 들어가고 엄마는 밖에서 기다리고 있었다.

"오메 오메, 내가 복도에 앉어 있는디 애기 우는 소리가 밖에꺼정 쩌렁쩌렁 울려야. 병원이 떠날라가도록 악을 쓰고 울드랑께. 내 생전에 고렇게 떠들썩하게 우는 놈은 첨 봤따. 병실을 떨썩떨썩거리게 울렸당께. 두고 봐라. 난중에 우리 우현이는 징허니 크게 될 것이다. 옛날에 누가 니그 아부지 못자리를 잘 써서 우리 집안에 장관 하나가 나온다고 허던디 고것이 우리 손주인갑따."

그러나 우리 아들이 그렇게 크게 울었던 이유는 따로 있었다. 내가 최장기간 입원해 있었는데도 아기가 나올 생각을 하지 않자 나를 3일 내내 지켜보았던 의사 선생님이 팔을 걷어붙이고 나섰다. 노산인데도 불구하고 자연분만을 하겠다고 고집하던 나를 가상히 여겼다. 나 같은 사람은 처음 본다며 간호사들을 다 불러 모으더니 나를 본받아야 한다고 일장 연설하던 것을 생각해보면 말이다.

자궁협착으로 난산이라 그 의사 선생님은 더 이상 두면 아기가 위험하다고 했다. 그는 간호사들의 만류에도 불구하고 자신이 책임진다며 자연분만을 시도했다. 얼마나 힘들고 괴롭던지, 아기 낳는 것을 멈출 수만 있다면 기권하든가 없던 일로 하고 싶을 만큼 모두가 애를 먹었다. 그런데 산 넘어 산이라고 겨우 밖으로 빠져나온 아기가 울지를 않자 담당 의사 선생님이 몹시 당황했다. 아기가 이상하다는 말을 연신 하더니 다리를 거꾸로 잡고서는 엉덩이를 세차게 때리기 시작했다. 그 숨 막히던 몇 분, 드디어 아기가 울었다. 의사는 아기를 때리고 나는 그 울음소리에 감격했다. 아마도 울지 않고서는 계속 맞겠다 싶어서 그랬는지 자지러지게 울어 댔다.

우리 엄마는 내 아들이 큰 인물이 될 거라 믿는다. 그 이유는 아주 단순하다. '아기의 울음이 우렁차다'라는 것. 아이가 크게 울어서 큰 사람이 될 거라는 엄마의 말에 실소를 터뜨리자 "나이도 몇 살 안 묵은 것이 참말로 까깝헌 소리를 허고 앉어 있네. 큰사람이 되믄 세계를 울리고 좋은 사람이제 어째야. 사방천지가 다 울리야 안. 알고 몰르겄따. 니그 무시는 갈았냐? 비 와가꼬 축축허믄 땅을 파서 무 좀 갈아놔라"와 같은 말을 한다.

엄마는 말문이 막히면 다른 이야기로 화제를 전환한다. 엄마가 요새 우리 집 텃밭에는 무엇이 있냐고 물어서 호박은 하나도 열리지는 않고 이파리만 무성하다고 하니 "그러면 내년에는 우리 손자헌테 한 구덩이를 숭궈보라고 해봐라. 잘 여는 솜씨가 따로 있당께. 우현이 손으로 씨를 넣어보라고 해. 그러믄 잘 열릴 것이다"라고 한다.

우리 아들이 태어나서 한 일이라곤 운 것밖에 없다. 공부를 특출나게 잘하는 것도 아니고, 그렇다고 할머니에게 살갑게 굴지도 않는다. 내가 무언가를 물어보면 엄마는 건성건성 대답하다가도 우현이 학교 과제라고 하면 금방 태도가 변한다. 방금까지 모른다고 하고서는 언제 그랬냐는 듯 술술 말해주기 바쁘다. 우리 엄마는 우현이와 관련되면 별거 아닌 일에도 큰 의미를 둔다. 여느 할머니들처럼 신화를 만들기도 한다.

"믿음은 바라는 것들의 실상이요. 보지 못하는 것들의 증거니."(히 11:1)

그러나 믿음은 들음에서 나온다. 할머니의 절대적인 믿음은 우현이가 크게 될 놈이라는 것이다. 진짜 믿음은 이미 있는 걸 보고 믿는 게 아닌 아직 무엇도 없는 상태에서 믿는 것이다. 우현이에 대한 우리 엄마의 믿음은 나보다 더 크다. 보지 않고 믿는 행위가 복되다고 하지 않던가. 언젠가는 할머니의 믿음대로 우현이의 삶 속에서 30배, 60배, 100배의 열매를 맺을 거라 믿어 의심치 않는다.

우리 엄마의 인생은 울타리로 복선을 둘렀을까. 향내 나는 치자 꽃도 있으련만 하필 탱자나무였는지. 가시에는 허연 소복의 과부 꽃이 피었고, 그 꽃이 진 자리에는 시퍼런 응어리가 맺혔다. 애를 써서 매달리면 뭘 하나 싶은 시디신 열매는 아무도 욕심내지 않았다. 이리저리 발에 차일 뿐. 그러나 주인은 따로 있었다. 떼거리로 몰려다니는 참새다. 우리 마당에 드나드는 참새는 다른 새가 날갯짓 한 번 할 때 열 번도 넘게 까불어 댄다. 박수와 갈채를 보내는 듯한 짹짹 소리가 경쾌하기만 하다. 한 음절을 반복하여도

무한히 기분 좋게 들리는 것은 신의 특혜가 틀림없다. 저절로 눈과 귀가 번쩍 떠지는 유쾌한 수다는 언제나 듣기 좋았다. 아침이면 나를 깨우러 총동원되었다. 독창보다 합창이 기가 막힌 나의 모닝콜이었다. 천하의 잠꾸러기를 깨우려면 째 깍 째 깍 느림보 시계보다는 짹짹짹짹 부지런한 참새가 최고다.

엄마는 털이 까만 개를 키웠다. 암흑을 동서남북으로 바꿔도 흑암이라 안심이 되었다. 밤과 혼연일체 되어 도둑을 쥐도 새도 모르게 잡으려는 계획이었다. 그러나 그것은 엄마의 착오였다. 어둠을 틈타 잠만 실컷 더 잤으니 말은 다 했다. 땅에 머리가 닿으면 자고 심지어 우리보다 먼저 잠자리에 들기도 했다. 도둑을 보고도 못 본 척하는 것인지 아니면 밤손님에게 예의 차리는 것인지. 숙면을 철칙으로 했는가는 모르겠으나 낮에 줄곧 싸돌아다니고서는 밤이 되면 노상 멍! 멍! 멍을 때리고 있었다.

놀고, 먹고, 자고. 밤에 보초는 서지 않으며 동네 마실만 다닌다. 게다가 워낙 인상까지 순둥해서 옆집 순임이네 쌈닭하고 붙어도 질 게 뻔했다. 엄마는 먼저 털의 빛깔보다 성깔을 눈여겨보아야 했었다. 이제는 꼼짝없이 도둑을 맞아도 내쫓을 수 없게 되었다. '정情'이란 놈은 도둑놈보다 더 무서운 법이다. 엄마는 새끼 치는 암퇘지와 알 낳는 암탉을 키웠다. 그래서인지 엄마에게는 살랑거리는 꼬리보다 날카로운 이빨의 개가 필요했다.

우리 집 돼지는 좀 그래 보였다. 평생을 꿀 달라고 꿀꿀 외치다가 꿀은 한 방울도 먹지 못하고 음식찌꺼기와 구정물만 얻어먹었다. 돼지가 갇힌 이유는 의외였다. 식탐이 많아 눈으로 먹을 것만 찾는 줄 알았다. 그러면 돌아오는 길을 봐두지 않아서 집으로 찾아오지 못할 테고 말이다. 하지만, 돼지는 천성적으로 길치였다. 수탉은 우리 집에서 유일한 수컷이다. 일부다처제인 수탉은 암탉 여남은 마리를 거느리고 산다. 가부장적이고 위풍당당하며 바람과 거드름을 동시에 피운다. 닭 벼슬을 꼿꼿이 세우고 무슨 벼슬이라도 한 것처럼 위세를 떤다. 정작 고생은 암탉이 하는데 생색은 자기가 내며 큰소리친다. 우리 집 암탉은 밖으로 나다니지 않는 집순이다. "꼭이요, 꼭! 꼭!" 알을 품을 수 있게 해달라고 간곡히 호소하지만, 주인의 자식에게 자신의 알을 기꺼이 양보한다. 새끼를 품어보아서 그 어미의 심정을 아는 듯하다. 우리 집 마당은 대가족을 거느린 닭들이 차지했다. 마당을 활개 치고 다니다 못해 마루에 올라갈 구실을 찾는다. 미술시간은 비 오는 날, 야단맞거나 눈총받지 않는 명분을 세운다. 발가락에 똥 물감과 흙반죽을 묻혀 나뭇잎 찍기 놀이를 한다. 통통한 발가락의 공작단풍과 야윈 발가락의 돌단풍, 울긋불긋 꿈을 꾸는 설탕단풍들 속에 애기단풍은 홍단풍과 청단풍의 뒤를 따라간다.

"봉숭아 물은 꽃허고 이파리 쬐까 따고 소금도 쪼까 넣어가꼬 콩콩 찧어서 손톱 등거리에다 붙여놔야써. 그런 다음 비니리로 싸가꼬 실로 꽉 찜매서 하루 저녁 자고 나믄 물이 딱 들제. 내가 니그가 째깐했을 때 해줬제에. 가만있어 보자. 다섯 명을 다 해줬능가 덜 했능가……."

우리 엄마는 여름이면 마당에서 봉숭아꽃을 따다가 손톱에 물을 들여주었다. 그러나 연례행사처럼 치르던 꽃놀이는 아버지가 돌아가신 그 해로 끝이 났다. 우리 집 마당에는 그 흔한 봉숭아도 자취를 감추어버렸다. 엄마에게는 그마저도 사치가 되었다.

그
무마저도

우리 엄마가 예쁘다고 생각했던 때가 있었나? 우리 엄마 파마는 멋내기용이 아닌 생계형 파마다. 짧은 커트머리를 아주 독하게 말아 절대로 풀리지 않는 반영구적인 초강력 파마를 했다. 바닷물결 무늬의 웨이브는 쉽게 풀어진다. 그래서 국수처럼 굴곡이 없는 일자나 라면사리처럼 몇 분 경과했다고 금방 풀리는 머리가 되지 않도록 따갈따갈 볶았다.

머리 모양을 평생 딱 한 가지만 고집한 사람이 있다면 부처가 아닐까. 일편단심 불두화 꽃잎처럼 반곱슬 말이다. 우리 엄마는 처녀 때 낭자머리를 하다가 시집와서 머리를 자르고 아낙네 파마를 했다. 그날 이후 가발이라 말해도 될 만큼 길이와 말기의 강도가 똑같다. 전형적인 시골 아줌마 머리 스타일이다. 멋보다는 일관성과 실용성을 우선시했을까. 일평생 머리 모양을 한 번도 바꾼 적 없다. 감기만 하면 끝이고 그것도 모자라 수건을 썼다.

꽃은 우리 엄마의 몸뻬 바지에만 피어 있다. 방망이로 두들겨도 꽃잎 하나 상하지 않고 비누에 박박 문질러도 떨어지지 않으며 물에 헹궈도 떠내려가지 않는 꽃 바지. 아무 곳에나 앉아도 어지간해서는 더러워 보이지 않을뿐더러 그 자리에서 탈탈 털고 일어나면 그만이다. 일명 일바지다. 허리에 고무줄이 들어가 신축성이 뛰어나며 코끼리 몸뚱어리가 들어가고도 남을 만큼 늘어나는 그 신통방통한 고무줄 바지는 통이 아주 크다. 그 나일론 바지를 엄마는 장날을 빼고 거의 사계절 내내 입었다.

엄마에게 먹지 못하는 꽃은 의미가 없었을까. 그 넓은 마당에는 꽃 한 송이가 없었다. 오직 자식들 입에 들어가는 것들로만 두고 키웠다. 그래서 꽃은 엄마의 몸뻬 바지에만 피었는가. 엄마에게는 그렇게 지지 않고 시들지 않는 꽃이 필요했는지도 모르겠다. 갑자기 떨어져버린 꽃잎처럼 사랑하는 사람을 떠나보내야만 했던 엄마는……

내가 엄마를 '여자'라고 느껴본 적이 있었던가? 고무신과 몸뻬바지, 그리고 뽀글뽀글 파마머리는 내가 어릴 적 시골에서 보았던 엄마의 모습이다. 그건 우리 엄마의 교복이었다. 꽃무늬 원피스에 챙이모자를 쓰고 뾰족구두를 신은 엄마를 상상할 수가 없었다.

엄마가 행복해할 때가 언제였는지 생각해보면 거울을 볼 때가 아닌 무를 볼 때이다. 매년 우리 텃밭에 배추 같은 것 말고 무를 갈아달라고 성화다. 겨울에 먹을 동치미를 담그려는 것이다. 마음에 드는 무를 보면 엠마오의 두 제자가 예수님을 만난 듯 좋아서 어쩔 줄 몰라 한다. 전화할 때마다 나를 찬양하고 무를 찬송한다. 1절에서 끝나지 않고 4절까지 칭송이다. 5메 5메 2렇게 2쁜 무시를 어디에 가서 4겠냐고 99절절이다.

결국, 깍두기나 채를 썰면 모양 따위는 소용없다. 하지만 그 무마저도 예쁜 녀석을 좋아하는 우리 엄마는 천상 여자였다.

"아이, 니가 뽑아다 준 무시가 징허니 좋드라. 고런 것이 영판 이뻬야. 매랍시 땔싹 크도 않코 근다고 너무 째깐헌 것도 아닌 거 있냐안. 대그빡이 중간만 헌 것이 질로 이쁘드라. 이쁜 것으로 담가야 맛도 있제."

나는 니가 제일

이사하기 3일 전부터 엄마가 우리 이삿짐을 싸주러 왔다. 내가 돈을 아낀답시고 포장이사 대신 일반이사를 해버렸기 때문이다. 고요 속 달그락거리는 접시와 부스럭대는 신문지의 합주를 깨며 엄마가 부엌 싱크대 위 서랍장의 그릇을 꺼내는 나를 올려다보면서 뜬금없이 말했다.

"아이, 너는 내가 낳은 것 중에 제일 못생겼는디 니가 질로 권있써야. 워째서 그런지는 몰르겄는디 내 눈에는 니가 질로 이삐게 보인다잉. 아조 얼굴에 귄이 좔좔 흘른당께.”

또 한번은 엄마의 친구들이 집에 놀러 왔을 때였다. 내가 지나
가다 한마디 툭 던졌는데 그분들이 깔깔깔 배꼽을 잡고 웃었다.

“아이고 참말로 웃겨 죽겄구만. 뭔 애기가 저렇게 웃기다요?”

그 말에 우리 엄마는 기분이 좋았는지 어깨가 으쓱해져서는

“아이, 그렇께 내가 어쩌다 웃긴 것을 하나 낳아 부렀쏘.”

우리 엄마가 나에게 무심히 해준 말이 몇 개 있다. 그것은 특별
하지도 심오한 뜻을 가지지도 않는다. 엄마가 작정하고 한 말은
아니고 그냥 지나가면서 무심결에 한 말이니까. 그런데 위력은 어
마어마하다. 그 말은 깊이 생각해서 한 말보다 더 막강한 힘을 지
니고 있다. 왜냐하면 아무 때나 느닷없이 생각나고 아무 맥락도
없이 불쑥 나타나기 때문이다. 아무것도 아닐 수 있는 이 말이 나
에게 어떤 자아상을 갖게 하고, 나도 모르는 사이에 그런 사람이
되게끔 하는 데에 일조한다.
엄마가 무심코 해준 말은 나의 자존감과 정체성을 형성하는 데

지대한 영향력을 미쳤다. 이상하게도 몇 안 되는 이 말들은 평생 나를 따라다닌다. 작정해서 한 말이 알뿌리라면 무심히 한 말은 씨앗으로 번식한다. 바람이 불거나 태풍이 불면 그 씨가 흩뿌려지듯이 사방팔방으로 퍼진다. 무심코 한 말로 가슴에 못이 박혀 평생을 고통받기도 하지만 무심히 해준 기분 좋은 말 한마디는 긍정적인 암시뿐만 아니라 자기 자신을 사랑할 수 있게 만든다. 엄마가 말하는 대로 내가 그런 사람이 되어간다.

나는 나를 아주 좋아한다. 다시 태어난다 해도 그 누구도 아닌 사랑스럽고 귄이 좔좔 흐르는 '춘덕'이고 싶다.

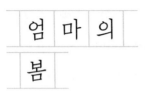

엄마의 봄

"니그 아버지는 뭐시 그리 바빴을까나? 세 살 터울, 네 살 터울로
낳다가 나머지는 두 살 터울로 셋이나 낳고 그냥 가부렀으니 말이
여. 나는 아직도 니 아부지 진짜로 좋아한다. 나한테 징허니 잘해
주었제. 같이 살 때 쌈 한 번도 안 해봤따. 뭔 쌈을 다 헌다냐? 니 아
부지가 니그들을 말도 못허게 이뻐라고 했당께. 아부지 통 업고
댕겼써. 오도미 사는 정순이네집 갈 때도 통 업고 가제. 애기를 바
닥에 내려놓털 안 했써.

저녁이믄 또 인자 3교대로 간께 열한 신가 열두 신가 되어가꼬

오믄 시골에는 불 때고 그렇게 방이 오지기나 커갔고 따숩냐안. 니그가 이불도 안 덮고 조선 팔도로 흩어져서 자제. 고개를 이리 둘른 놈 저리 둘른 놈 아조 지 멋대로여. 글믄 '워따 이눔들이 사방팔방으로 자네' 함서 이불 속에 니그들 팔다리를 한나씩 다 집어 넣코 나서 잠을 잔당께. 징허게 이뻐라고 했써. 나는 니그 아버지가 그러케나 보고 잡다. 우두커니 있을 때도 생각나고 길 가다가도 생각나고 잠잘 때 빼고는 항시 생각허제. 내가 죽어서나 잊어불랑가 어쭈고 잊혀진다냐……."

　구순이 가까운 나이에도 이토록 애틋한 사랑을 하는 사람이 몇이나 있을까. 꽃샘추위가 시샘한 엄마의 봄, 동장군이 손발은 꽁꽁 얼려도 엄마의 심장만은 어찌하지 못했나 보다. 아빠는 탄광의 갱처럼 지지대가 없어도 무너지지 않는 엄마의 가슴속에 살고 있다. 엄마의 봄은 아마도 아버지와 함께 살았던 그때인 듯하다. 아빠랑 걸었던 모든 길은 꽃길이었다. 흙탕길도 논두렁도 자갈밭도. 아빠와 함께라면 가시 속에 핀 하얀 탱자꽃도 순백의 웨딩드레스이고 참새들은 혼인 잔치의 축가를 부르러 온 하객이다.
　엄마는 아빠만 있으면 좋았다. 그저 좋았다. 얼굴에는 웃음꽃이 피어나는데 그렇다면 아빠의 무릎은 꽃방석이 아니었겠나. 하얀 작약은 '행복한 결혼', '정이 깊어 떠나지 못한다'는 꽃말을 가지고 있다. 그 꽃말처럼 살았던 우리 엄마. 커다란 짐은 보자기에 싸고 귀중품은 보석함에 넣고 가장 소중한 보물은 가슴속에 간직한다. 보여주지 않으면 볼 수 없고 꺼내놓을 때라야 비로소 알 수 있는 것이 마음 아닐까.

내 나이 쉰 살이 넘어서야 들여다보게 된 엄마의 가슴속, 그 안에는 아빠가 있었다. 영원히 묻힐 뻔한 엄마의 봄이.

진주였다. 오랜 세월 뻘밭에 묻혀 있긴 했지만, 분명 진주였다. 두꺼운 조개껍데기에 갇혀서 바다가 무엇인지, 파도가 무엇인지도 모르는 진주였다.

미운 오리라고만 슬퍼하고 있었던 백조가 푸른 하늘 구름 너머로 멀리 날아갈 수 있는 백조임을 알게 되는 데는 오랜 시간이 필요했듯이 그녀도 자기가 진주임을 확신하기까지는 수많은 의문의 단단한 껍질을 벗겨내야 했다. 뻘을 씻어내고 달라붙은 각질을 떼어내서 영롱한 빛깔이 반짝이는 자신의 몸을 발견하기까지 수많은 단계의 의문과 확인의 과정을 거쳐야 했다.

나는 30년이 넘는 세월 동안 시를 써왔지만, 이렇다 할 걸작 하나 써내지 못했다. 나를 절망하게 한 것은 외부의 장벽이 아니었다. 나의 문학적 재능이 부족한 탓이었다. 내가 가장 부러운 것은 글 쓰는 재능이었다. 그런 내가 장성읍의 도서관에서 문예창작 강의를 하던 중 그녀가 눈에 띈 것이다.

쉰 살이 넘도록 거친 세파에 시달려온 그녀가 어느 날 갑자기 글쓰기를 배운다는 것은 쉬운 일이 아니었다. 가장 힘든 일은 자신이 값진 진주라는 사실을 자각하는 일이었다. 수없이 의심했고 포기했다. 나는 그때마다 다시 일으켜 세워주어야 했다.

자신의 재능에 대한 확신을 가진 후로 그녀는 글에 미쳤다. 눈의 핏줄이 터진 적도 있었고, 응급실에 실려 가기도 했다. 글에 대한 집념과 좋은 글을 써야겠다는 의지는 자신의 모든 삶을 휩쓸어버린 홍수였다.

이제 그 떡잎으로 『내 이름은 춘덕이』란 수필집이 나오게 되었다. 나는 확신한다. 이 글들이 독자들의 가슴을 울리고 그 울림이 멀리멀리 퍼져 나갈 것이라고.

그리고 나는 훗날 나직이 읊조릴 것이다. 나는 못 해냈지만, 내가 찾아낸 작가 '유춘덕'이는 내가 그토록 바라던 명작을 쓸 것이라고.

2023년 10월 어느 좋은 날에
문불여장성의 도서관에서
시인 박형동

내 이름은 춘덕이

1판 1쇄 찍음   2024년 7월 29일
1판 1쇄 펴냄   2024년 8월 5일

지은이   유춘덕
펴낸이   조윤규
편집   민기범
디자인   홍민지

펴낸곳   (주)프롬북스
등록   제313-2007-000021호
주소   (07788) 서울특별시 강서구 마곡중앙로 161-17 보타닉파크타워1 612호
전화   영업부 02-3661-7283 / 기획편집부 02-3661-7284 | 팩스 02-3661-7285
이메일   frombooks7@naver.com

ISBN   979-11-88167-93-7 (03810)